AF396546

REMARQUES ET CORRECTIONS

D'ESTIENNE

DE LA BOËTIE

SUR LE TRAITÉ DE PLUTARQUE INTITULÉ

ΕΡΩΤΙΚΌΣ

AVEC UNE INTRODUCTION ET DES NOTES

par

REINHOLD DEZEIMERIS

PARIS
Aug. AUBRY, LIBRAIRE
RUE DAUPHINE, 16

BORDEAUX
P. CHAUMAS, LIBRAIRE
COURS DU CHAPEAU-ROUGE, 34

M DCCC LXVII

ESTIENNE DE LA BOËTIE

REMARQUES SUR PLUTARQUE.

Léo D. suyn
1867

REMARQUES ET CORRECTIONS

D'ESTIENNE

DE LA BOËTIE

SUR LE TRAITÉ DE PLUTARQUE INTITULÉ

ἘΡΩΤΙΚΌΣ

AVEC UNE INTRODUCTION ET DES NOTES

par

REINHOLD DEZEIMERIS

BORDEAUX

IMPRIMERIE G. GOUNOUILHOU,

IMPRIMEUR DE LA SOCIÉTÉ DES BIBLIOPHILES, RUE GUIRAUDE, 11.

M DCCC LXVII

INTRODUCTION

Dès l'origine de cet admirable mouvement intellectuel qui, ramenant les esprits à l'étude des chefs-d'œuvre de l'antiquité, suscita la renaissance des lettres en Occident, Plutarque devint l'objet des études de tous les hommes qui cherchaient à se familiariser avec les auteurs de l'ancienne Grèce. L'attrait de l'histoire devait naturellement attirer d'abord sur les Vies des hommes illustres *l'attention du plus grand nombre; d'ailleurs, cet ouvrage était relativement plus facile à interpréter que les* Œuvres diverses *ou* morales; *aussi, de toutes parts, se mit-on à en traduire les différentes parties, et, dès 1470, on put imprimer à Rome une collection de ces versions, reproduisant en latin l'ouvrage historique, dont le texte grec devait tarder encore près d'un demi-siècle à paraître.*

Le recueil des Œuvres diverses *ne fut pas aussitôt vulgarisé, au moins dans son ensemble. Il présentait en effet des difficultés sérieuses. Le plus souvent son interprétation exigeait une connaissance approfon-*

die de l'histoire de la philosophie, une érudition nette et précise, érudition toujours longue et difficile à acquérir, et qui ne pouvait en aucune façon être improvisée en un siècle où tous les secours faisaient défaut, et où les heureux et les riches seuls pouvaient réunir à grand peine quelques rares manuscrits.

Des hommes d'un mérite exceptionnel, tels que François Philelphe, Guarini, Ange Politien et plusieurs autres, s'essayèrent, il est vrai, dès cette époque sur plusieurs traités de Plutarque, mais ils eurent peu d'imitateurs. Enfin, arriva cette période de quelques années pendant laquelle, grâce surtout à la miraculeuse activité d'Alde Manuce et de son académie, presque tous les chefs-d'œuvre de l'antiquité purent se répandre et devenir accessibles à chacun. La vraie érudition naquit, et le philosophe de Chéronée ne tarda pas à en profiter.

Alde avait donné, en 1509, la première édition grecque des ŒUVRES DIVERSES; secondé par le crétois Démétrius Ducas, il avait dans cette impression reproduit des manuscrits de Venise; mais, soit que ceux-ci se trouvassent souvent fautifs, soit que les compositeurs ne fussent pas assez exercés, ce texte était encore fort défectueux. C'est alors que commencèrent les premiers travaux de critique. De tels livres, tout grecs, sans alinéa, sans tables, ne s'adressaient, on le comprend, qu'à des hellénistes de première force; mais, grâce aux leçons des Lascaris, des Chalcondyle, des Musurus et de tant d'autres restaurateurs des lettres, les hellénistes ne manquaient pas. Les exemplaires de Plutarque, dispersés de toutes parts, se couvrirent bientôt de corrections manus-

crites (¹) *que les savants se communiquaient entre eux, et lorsque Froben imprima à Bâle, en 1542, une nouvelle édition, il put offrir aux lettrés un texte se siblement plus correct* (²).

Durant les trente années qui s'écoulèrent de la publication d'Alde à celle de Froben, les traductions connues (³) *de divers traités furent assez nombreuses pour que leur réunion comprît plus de la moitié des* Œuvres diverses. *Ces versions, plusieurs fois réimprimées, furent plus complètement recueillies à Bâle, en 1541, et ce volume de traductions, avec le volume grec de Froben, restèrent, durant de longues années, les uniques secours dont purent faire usage ceux qui avaient le désir de connaître Plutarque. Quant aux*

(¹) Voyez le Plutarque de Wyttenbach, t. I, p. LXXXVI, éd. d'Oxford. Ces corrections provenaient très-souvent de collations de manuscrits.

(²) L'édition de Froben n'a pas de préface, et l'on ignore qui l'a soignée; cela semble indiquer qu'elle n'a point été dirigée par un éditeur proprement dit. Froben avait probablement à sa disposition un ou plusieurs exemplaires de l'édition Aldine corrigés par divers lecteurs érudits; il n'eut qu'à suivre le texte imprimé en y introduisant ces corrections. On sait, par exemple, que Nicolas Leonicus avait ainsi amélioré son exemplaire de l'édition d'Alde, et l'on peut constater que plusieurs de ses corrections sont suivies dans le texte de Froben. C'est sur un exemplaire du Platon de 1534, amendé de la sorte par des collations d'Arnold Arlenius, que fut publiée à Bâle l'édition bien préférable de 1556.

(³) Je dis « connues, » car il est bien certain que beaucoup de traductions sont restées ignorées et se sont perdues. On sait que divers savants distingués avaient entrepris quelques versions de Plutarque. Par exemple, Arnold Arlenius, autrement dit Peraxylus, avait mis en latin plusieurs traités non encore traduits; je ne crois pas que ces versions aient jamais été imprimées. Voir Bayle, *Dictionnaire historique*, au mot *Peraxylus*.

érudits véritables, les uns continuèrent à corriger le texte, et les autres s'occupèrent de faire passer en latin les traités non compris dans la collection de 1541.

Bordeaux était alors une ville essentiellement savante. Les Govea, les Grouchy, les Guerente, les Robert Britannus, les Buchanan, les Vinet dirigeaient les études dans son Université. Gelida, Muret allaient y venir, et, en dehors de l'Université, on y comptait des hommes tels que Tiraqueau, Ranconnet et Briant de Vallée. Nous ne risquons point de nous tromper en affirmant que, dans ce cercle d'hommes distingués, on devait s'occuper beaucoup de Plutarque : nous savons, d'ailleurs, que Robert Britannus traduisit deux traités non insérés dans le volume de 1541 (¹); nous savons aussi que Muret, retiré plus tard à Rome, avait recueilli et préparé sur Plutarque de nombreuses remarques, qu'il proposait à l'imprimeur Plantin (²).

C'est au milieu de ce monde savant qu'avaient vécu et s'étaient formés Arnaud de Ferron et son ami Estienne de La Boëtie qui, eux aussi, firent une étude particulière des œuvres du philosophe grec. Nous n'avons point le dessein de répéter ce que l'on a dit déjà de l'un et de l'autre; mais on nous permettra de réunir ici, sous forme de notes et d'extraits, quelques renseignements dont leurs biographes n'ont point fait usage, et qui, cependant, sont de nature à faire mieux connaître ces deux personnages.

(¹) La *Consolation* de Plutarque à sa femme, et *Les Vies des dix orateurs*. Je ne sais au juste à quelle époque parurent ces deux versions. H. Estienne les inséra plus tard dans son édition.

(²) Voy. la Préface de Wyttenbach, p. xciii de l'éd. d'Oxford.

Né vers 1515 (¹), d'un père fort instruit (²), qui fut conseiller au Parlement (³), puis jurat de Bordeaux(⁴), Arnaud de Ferron reçut une éducation très-soignée (⁵). De bonne heure il montra une prédilection marquée pour les belles-lettres (⁶); mais, cédant aux vives instances de ses parents, il se consacra à l'étude du droit, et suivit à Toulouse les cours de jurisprudence.

L'école de droit de cette ville jouissait alors d'une grande célébrité, et les jeunes gens y affluaient de tous les points de la France. Estienne Dolet s'y trouvait (⁷), et Ferron se lia particulièrement avec lui, ainsi qu'avec plusieurs de ses amis qui étaient déjà ou qui devinrent des érudits distingués (⁸). Grâce

(¹) Ses épitaphes constatent qu'il mourut en mai 1563, à 48 ans.

(²) Arnaud, dans ses *Commentaires sur la coutume*, p. 315, éd. de 1565, dit de son père : *Id quoque audivi de Joanne Ferrono, patre nostro, viro optimo et eruditissimo, cujus auctoritatem atque usum in forensibus causis cives nostri experti sunt, etc.* — Voir la notice sur Ferron, insérée par les frères Lamothe en tête de leur édition des *Coutumes de Bordeaux.*

(³) Voy. De Lurbe, *De viris illustribus Aquitaniæ*, p. 107.

(⁴) Darnal, *Supplément des Chroniques de Bourdeaux*, an. 1537.

(⁵) Voy. De Lurbe, *loc. cit.* Je ne saurais dire s'il fit ses humanités à l'Université de Bordeaux, qui n'eut un renom véritable que plus tard, après 1534.

(⁶) Voir ses *Commentaires*, p. 50, éd. de 1565.

(⁷) Voy. l'ouvrage de M. Boulmier sur Dolet, p. 27 et suiv.

(⁸) Par exemple avec J. de Boissonné, savant jurisconsulte que Rabelais allait louer dans le *Pantagruel* (III, 19), et probablement aussi avec l'évêque de Rieux, Jean de Pins, savant de premier mérite, dont la bibliothèque était extrêmement riche en manuscrits des auteurs classiques. Érasme la mettait dès lors à contribution, et Ferron cite souvent dans ses *Commentaires* des collations faites sur ces précieux exemplaires. Sur Boissonné et J. de Pins on peut consulter les poésies latines de Voulté.

à un travail opiniâtre, étudiant, enseignant tour à tour, et consacrant ses loisirs à expliquer et commenter les COUTUMES DE BORDEAUX (¹), *Ferron acquit de bonne heure une érudition juridique remarquable, et, avant qu'il eût atteint sa vingtième année, Jules-César Scaliger lui dédiait un de ses livres, et, dans l'épître dédicatoire, accordait au savoir de son jeune ami et à son caractère les plus sérieux éloges* (²). *Deux ans plus tard, Ferron faisait imprimer à Lyon, chez Sébastien Gryphe, et probablement par les soins de son ami Dolet, les* COMMENTAIRES SUR LA COU-TUME *qu'il avait commencés à Toulouse. Ayant ainsi satisfait aux vœux des siens et fourni une preuve de son savoir comme jurisconsulte* (³), *il ne se fit plus*

(¹) Voir les *Commentaires* au passage indiqué, où Ferron rappelle avec complaisance sa vie laborieuse d'étudiant.

(²) J. C. *Scaligeri epistolæ*, p. 267 et suiv., éd. de 1600. Cette épître dédicatoire devait se trouver primitivement en tête de l'édition originale des poésies de Scaliger intitulées *Nemesis*; elle est datée du mois d'octobre 1534. Dans la même année, J. C. Scaliger avait publié ses *Lacrymæ* dédiées à Nicolas Bourbon. Je possède l'exemplaire de ce dernier livre offert à Ferron par Scaliger; il porte sur sa dernière page cette mention : *Ex dono Julii Scaligeri, A. Ferronus.* La *Neme-sis* dut ne paraître qu'en 1535, car Scaliger n'en reçut des exemplaires qu'à la fin de cette année, ou au commencement de 1536 (voy. *Epist.*, p. 301-302, lettre datée du 31 janvier 1535, ancien style). A l'endroit de cette publication, il y a cela de curieux que Ferron, à qui elle était dédiée et qui paraît avoir été chargé de la faire imprimer (voy. *ibid.*, p. 301), donna pour cela de l'argent à l'imprimeur (probablement Vascosan). Scaliger s'en étonne, et, vu le mérite de ses vers, il estime que c'était au contraire le libraire qui aurait dû payer; mais il n'insiste pas sur ce point, et paraît bien croire que Ferron est fort heureux d'avoir été honoré, même à prix d'argent, d'une dédicace de Scaliger. A vrai dire, je crois que Ferron pensait de même de son côté.

(³) Scaliger, *loc. cit.*, et p. 270, dans une lettre non datée mais

scrupule désormais de chercher dans le culte des lettres un délassement aux travaux arides d'une profession qui, dans le principe, ne paraît pas avoir été celle de son choix (¹). D'ailleurs, son goût pour l'antiquité avait dû s'accroître de jour en jour depuis que la réorganisation du collége de Guyenne avait attiré à Bordeaux quelques-uns des hommes les plus illustres du temps. Aussi le voyons-nous adresser, en vers grecs, au chancelier Antoine Dubourg la dédicace de ses Commentaires *(²). Loué par Bois-*

probablement antérieure à 1536, puisque Ferron y est qualifié simplement de jurisconsulte, et non encore de conseiller. Cette lettre, du reste, pourrait se trouver en tête de l'édition originale des premiers *Hymni* de Scaliger.

(¹) Voir De Lurbe, *loc. cit.*

(²) Voici ces vers. Ils ne me paraissent pas d'un goût bien pur. Le huitième, qui finit par un jeu de mot sur le nom de l'auteur, n'est pas précisément très-modeste, et Jules César Scaliger pourrait bien y avoir mis la main. Au vers 6, j'ai lu βωμοῖς προσπεσών, au lieu de βωμοῖσι προπεσών que porte l'original, et, au vers 8, ἀνθῶν, au lieu de ἄνθον qui est une faute évidente. — A ces corrections, que M. Fréd. Dubner a bien voulu approuver, le savant helléniste m'a fait l'honneur d'ajouter les siennes. C'est sur ses indications que j'ai écrit Βούργον à la place de Βούργον, puis, au vers 1, φύλων à la place de φύλλων, et, au vers 4, καλῶν à la place de κακῶν. M. Dubner pense aussi qu'il vaudrait peut-être mieux lire au dernier vers χ' ὡς καρπὸν φέρῃ. Il m'apprend, enfin, que la quantité donnée ici à σοφίης (vers 5) se rencontre dès le second siècle de notre ère, et que τὸ δὲ μέγιστον dont je songeais à faire τὸ δ' ὧ μ. peut être maintenu, des exemples analogues n'étant pas rares dans les anciens poètes.

Ἀρνώλδου Φερώνου
πρὸς Ἀντώνιον Βούργον.

Κύδιστε φύλων ἀκρίτων Κελτῶν, ὅσα
Θείου βασιλέως ἄλκιμον στέργει σθένος,

sonné(1), par Dolet(2), par Antoine de Govea, le jeune bordelais allait, à vingt et un ans, prendre la charge de son père, et entrer dans ce Parlement où siégeaient de vrais grands hommes (3), et de ceux qui surent le mieux alors allier à la science du droit la culture littéraire; il devenait le collègue des Ranconnet, des Tiraqueau, des Briant de Vallée; ami de Scaliger, il commençait sa carrière au milieu des plus intimes amis de Rabelais, et il devait la finir plus tard entre La Boëtie et Montaigne : il était difficile avec un pareil entourage de rester étranger aux choses de l'esprit.

Les premiers travaux de Ferron, devenu conseiller, eurent pour but d'améliorer ses COMMENTAIRES SUR LA COUTUME. La première édition portait des marques de précipitation, et aussi de jeunesse, ce qui, par parenthèse, avait valu à l'auteur une assez verte

Οὖ πάντ' ἀκούει νόμιμ' ἀποῤῥήτων λόγων,
Ἄῤῥηκτον ἕρκος τῶν καλῶν, νόμων νόμος,
Ἄκρον σοφίης τέρμα πολυεύκτου λαχών·
Ἐγὼ μὲν ἱεροῖς σοῖσι βωμοῖς προσπεσών,
Ταύτας ἀπαρχὰς καὶ θυηλὰς ἔρχομαι
Ἀνθῶν ἄωτον πρῶτον εὐόδμων φέρων·
Σὺ δέ, μέγιστον καὶ πανόλβιον φάος,
Καὶ φέρβε κἀνάθαλπε, χ' ὡς καρπῶν φέρῃς.

(1) Voy. les pièces de vers de Boissonné et de Govea en tête et à la fin des *Commentaires* de Ferron, éd. 1565, in-f°.

(2) Voy. les poésies latines de Dolet, p. 108. Dans l'édition originale des *Commentaires*, ces vers sont imprimés sous le nom de Rostagnus.

(3) « A Bourdeaux, du temps de mon père, disait Joseph Scaliger, entre soixante sénateurs, il y en avoit plus de vingt habiles et doctes personnages. » *Scaligerana*, p. 65, éd. de 1695.

admonestation du président Bohier (1); *Ferron remania son œuvre, la compléta, et, cédant de plus en plus à son goût pour l'antiquité, il introduisit dans son texte, parfois à propos* (2), *mais souvent aussi sans motif suffisant, des citations d'historiens, de philosophes et même de poètes grecs, traduites en latin par lui ou par d'autres* (3); *il entreprit ensuite de continuer l'ouvrage de Paul Émile, c'est à dire d'écrire l'*Histoire de France, *depuis 1488 jusqu'à la mort de François I*er.

Le livre de Paul Émile jouissait alors d'une grande réputation, due surtout à l'élégance du style de l'écrivain véronais. Scévole de Sainte-Marthe ne craint pas d'affirmer que la continuation de Ferron est écrite en un latin aussi pur (4), *assertion dont je ne veux point contester l'exactitude, mais dont je laisse toute la responsabilité au célèbre élogiste. De fait, il ne serait pas impossible que Scaliger, probablement véronais lui aussi, sinon prince de Vérone, eût revu les périodes de son ami. Nous savons en effet que, pendant de longues années, l'illustre compatriote de Catulle rendit à l'érudit bordelais beaucoup de services littéraires. Reconnaissant en lui des mérites*

---

(1) Voir la notice des frères Lamothe, p. xi.

(2) Voir, par exemple, p. 22 (éd. de 1565), la citation d'un fragment des lois de Zaleucus, conservé par Stobée, d'après un manuscrit de la bibliothèque de l'évêque de Rieux, Jean de Pins.

(3) Il n'avertit pas toujours lorsque les traductions ne sont pas de lui. Ainsi, celle du long fragment de Simonide d'Amorgos sur les femmes (p. 18) est empruntée à Buchanan. Stobée est cité ordinairement d'après la version de Gesner (1543) légèrement modifiée.

(4) *Elogiorum* lib. II : *Rerum Gallicarum historiam, Pauli Æmilii libris attexendam... eadem styli tum puritate, tum velocitate persecutus est.*

sérieux, puisqu'il lui confiait à Bordeaux son fils
Sylve (¹), il s'intéressait aux travaux de Ferron, lui
envoyait d'Agen des notes, des conseils, écrivait même
ses préfaces (²), et, comme pour stimuler en lui l'a-
mour du beau langage, il l'appelait son Atticus.
Voici, du reste, un échantillon des compliments qu'il
lui adresse si souvent dans ses poésies (³); je dégage
de mon mieux des iambes latins, parfois assez obs-
curs, les traits essentiels :

« Ferron, à qui, pour son éloquence pure, douce,
» savante et grave, j'ai pu donner le surnom d'Atticus
» que les doctes lui ont maintenu, Ferron est un maî-
» tre, un maître délicat, en tout ce qui touche aux
» choses de l'intelligence; il est le soutien et l'âme
» de l'érudition. En lui rien de vulgaire, rien de
» bas, soit qu'il scrute les préceptes de l'ancien droit,
» en expose l'esprit, ou résolve les subtiles difficul-
» tés du droit nouveau; soit que de ses excursions
» savantes il rapporte un riche butin; soit qu'il dévoile
» les mystères du divin Platon; soit qu'il nous
» adresse d'aimables leçons en des vers où l'on re-
» trouve le sel attique; soit que, saisissant les foudres

(¹) Sylve suivait les cours du collége de Guyenne. Voy. la notice
sur Scaliger de M. J. de Bourrousse de Laffore, p. 29, et comparez
les lettres latines de J. C. Scaliger, p. 216.

(²) La dédicace de la 2ᵉ édition, celle de la 3ᵉ des *Commentaires*,
celle de l'*Ereticus* de Plutarque, celle du traité dédié à Diane de Poitiers,
sont de Scaliger. On les retrouve dans le volume des *Epistolæ* etc. de
celui-ci. Je n'ai pu vérifier pour d'autres volumes, mais je pense que
le traité de Plutarque *Contre Colotes* doit porter aussi une dédicace à
Catherine de Médicis, due à la plume de Scaliger (voir p. 70 des
Epistolæ).

(³) Voy. Scaliger *Poemata*. ed. de 1621. p. 149, 329, 387, 389,
399, 601, 617.

» de l'éloquence, il étonne Cicéron lui-même, et se
» montre son émule et son égal, ou enfin que,
» célébrant d'un style harmonieux les actions de
» nos pères, il nous rappelle l'heureuse abondance de
» l'élégant Tite-Live. — Tout cela est beaucoup,
» sans doute, mais ce qui est mieux encore le voici :
» esprit loyal, cœur d'or, âme pieuse, il met toujours
» d'accord ses préceptes et ses actes, et reste inflexi-
» ble comme le fer dans la ligne du devoir. — Tel
» est l'homme qui a su par le charme de son amitié
» et de sa sagesse adoucir les tristesses de ma vie,
» les malheurs qui m'ont ravi toutes choses et qui
» m'ont ravi à moi-même. Avec le baume de sa per-
» suasion, il a effacé la rouille de mon esprit : par lui
» je crois renaître, et c'est lui qui est le protecteur et
» le véritable artisan de ma renommée (¹). »

« Atticus, dit-il ailleurs dans un billet en vers,
» grand Atticus, dites-moi à quoi vous occupez en
» ce moment vos loisirs ; faites-vous des vers, des re-
» cherches érudites, de la métaphysique? êtes-vous
» plongé dans la lecture d'Aristote? ou bien est-ce
» que ce modèle de vertu qui, dans votre dernier
» billet, m'honorait du titre de rénovateur des lettres,
» est-ce que votre noble Marthe, que la grâce et la
» pudeur embellissent à l'envi, murmure à votre
» oreille les accents de sa veine poétique? (²) Est-ce

(¹) J. C. Scaligeri Poemata, p. 329.
(²) Marthe de Vallier, que Ferron avait épousée en 1543 (voy. la
notice des frères Lamothe, p. xxxix et xlii), paraît avoir été une
femme savante. A la suite du traité de l'*Amour*, traduit par son mari,
on trouve sept pièces de vers latins très courtes, et dont plusieurs
sont des traductions de l'Anthologie grecque : elles sont précédées de
ce titre : MARTA VALERIA ARNOLDI FERRONI *hæc congerebat*. J'étais

» *P*** ou B*** ([1]), heureuses campagnes, qui possèdent*
» *le couple modèle et révéré? Moi, dans ce pays d'A-*
» *gen où l'on adore tout ce que je hais, je cherche la*
» *tranquillité et vis en solitaire ([2]).* »

    *C'était, on le voit, une intimité réelle que celle qui
unissait Jules César Scaliger et Arnaud de Ferron.
Elle était assez grande pour que ce dernier eût
tenté de s'interposer comme médiateur dans la querelle de Scaliger avec Estienne Dolet ([3]), et, malgré
l'irritabilité connue du célèbre docteur, leur amitié
n'en souffrit nullement. Il y avait environ vingt ans
qu'elle durait, et s'entretenait par de mutuels services ([4]), lorsque Ferron fit part à son illustre ami du
dessein qu'il avait de mettre en latin divers traités
de Plutarque non encore traduits. Scaliger avait
probablement entrepris lui-même quelque travail
analogue ([5]) qu'il promit de lui envoyer. Mais tout
d'un coup une circonstance malheureuse vint troubler*

disposé à les attribuer à la docte épouse de Ferron, lorsque j'ai trouvé,
dans le recueil de Megiser, une de ces traductions rapportée sous le
nom de Franciscus Bellicarius (p. 222). Marthe de Vallier pourrait
donc n'avoir fait que recueillir ces vers.

    ([1]) Le texte porte : *Pertuense et Rigallicum cælum.* Je ne sais quelles
localités peuvent être ainsi désignées. J'avais songé à *Portets* et *au
Bouscat;* la femme de Ferron avait un domaine dans cette dernière
commune (voy. la notice des frères Lamothe). Mais cette conjecture
est au moins hasardée, et je laisse en blanc des noms dont je ne puis
donner l'équivalent précis.

    ([2]) J. C. *Scaligeri Pœmata,* p. 389.

    ([3]) Voy. le livre de M. Boulmier, p. 92, et les *Epistolæ* de Scaliger,
p. 294 et suiv. de l'édition de 1600. Je regrette de n'avoir pu consulter l'édition de Toulouse, 1620, citée par Bayle, art. *Dolet.*

    ([4]) Voy. les lettres latines de Scaliger, *passim.*

    ([5]) Cela paraît ressortir de quelques allusions qu'on peut lire
p. 197, 198, 210 et 213 des *Epistolæ.*

les rapports affectueux des deux érudits. Une ser-
vante avait dérobé à la femme de Scaliger des bijoux
et une somme très-considérable ([1]*). Appelée devant*
le Parlement de Bordeaux, elle nia tout et fut ac-
quittée. La perte de ce procès ([2]*) causa à Scaliger*
une peine profonde. L'argent qui lui avait été volé,
fruit de longues épargnes, était destiné à l'éducation
de ses plus jeunes fils, à la dot d'une de ses filles ([3]*). Il*
écrit à Ferron, se plaint des juges, et adresse à son
ami le reproche de n'avoir pas suffisamment usé de
son influence en faveur de la bonne cause. Là dessus,
Ferron, au lieu de compatir au chagrin de Scaliger,
et oubliant trop facilement ce qu'il doit à un tel
homme, s'avise de lui faire la leçon, et de lui rappe-
ler, d'une manière au moins inopportune, que le mépris
des richesses est la première vertu du philosophe; il a
de plus la malencontreuse idée de réclamer avec
brusquerie les notes d'érudition dont l'envoi lui avait
été annoncé ([4]*) : inde iræ. Scaliger s'enflamme, les*

(1) Voy. l'*œmata*, p. 33, éd. de 1621, et *Epistolæ*, p. 194 et suiv.

(2) Il paraît avoir eu pour avocat M. de Brach, père du poëte
Pierre de Brach. Voy. la notice sur Scaliger de M. J. de Bourrousse
de Laffore, p. 35. Les lettres de Scaliger étant ordinairement sans
date, on n'y trouve point l'enchaînement de faits que je donne ici. Je
n'ai pu former un ensemble de ces allégations éparses qu'après d'assez
longues recherches. Une circonstance relative à la nomination récente
de P. de Carle comme président, et relatée dans une lettre de Ferron
(*Epistolæ Scaligeri*, p. 195), m'a fourni un moyen de vérification. Les
registres secrets du Parlement m'ont appris que Pierre de Carle avait
été installé le 3 avril 1554. La lettre de Ferron, parlant de la perte
du procès de Scaliger et portant la date de 1er mai, est donc de la
même année, et le jugement doit se placer entre ces deux dates.

(3) *Pœmata*, loc. cit.

(4) *Epist. J. C. Scaligeri*, p. 195.

reproches, les sarcasmes se pressent dans sa pensée, et la plume qui avait si souvent écrit des paroles affectueuses à Atticus, retrouve, pour l'accabler, les mordantes périodes dont elle avait déjà abusé contre Érasme. Il ne se contente pas d'adresser à l'audacieux ingrat trois terribles épîtres, non, l'iambe, dont la rage arma jadis Archiloque, va trouver un emploi naturel : le lion qui a longtemps oublié sa force pour vivre avec son chétif compagnon, le lion étend sa griffe : Ferron, jadis tant vanté, va être mis à nu, déchiré, torturé dans sa vanité : Atticus ne sera plus que le honteux Struma (¹).

« En s'asseyant sur son siége de conseiller, Struma

(¹) *Struma* est un nom que Scaliger emprunte à une pièce de Catulle (LII), où son illustre compatriote dit qu'il n'a plus qu'à mourir depuis qu'il a vu un coquin tel que Struma assis sur la chaise curule. Appliquée à Ferron, l'allusion devenait très-nette et très-vive. Dans la pièce suivante, en vers scazons (p. 419), Scaliger imitait, pour le tour mais non pour la prestesse, l'épigramme de Catulle :

> *Quisnam putaret optimum virum Strumam*
> *Deesse amico? debet hic ei vitam,*
> *Plus quamque vitam, plusque quam quod est vita,*
> *Si vita plus quam vita scripta sunt cara,*
> *Quæ fecit illi scripta de suis scriptis :*
> *Quisnam putaret optimum virum Strumam?*

Pour constater l'identité de Ferron et du Struma de Scaliger, il suffit de lire la p. 215 des *Epistolæ* de Scaliger, et de comparer les passages suivants de ses *Poemata* et de ses *Epistolæ : Poem.*, p. 205 (cf., p. 207) : *isti Aiunt me doctum*, etc., *Epist.*, p. 212 : *Puto igitur; Poem.*, p. 206 : *Non furis hostis?* etc., *Epist.*, p. 215 : *Quare favetis furibus*, etc.; *Poem.*, p. 206 : *Cuncta nisi dederis*, etc., *Epist.*, p. 199 : *Excidere tibi*, etc.; *Poem.*, p. 418 : *Sed lilium emit*, etc., *Epist.*, p. 215 : *Emistis magistratum*, etc.; *Poem.*, p. 427 : *Sese ambitus*, etc., *Epist.*, p. 207 : *Quod ais te non ambire*, etc. On pourrait faire encore d'autres rapprochements.

» met sous lui les fleurs de lis sacrées; le sort des lis
» est aussi celui de la justice : il insulte ceux-là, il
» souille celle-ci. Mais il a acheté les lis, et ce qu'il
» vend c'est la justice sainte (¹). »

*Voilà pour le magistrat. L'homme n'est pas mieux
traité.*

« *Je t'ai donné, s'écrie Scaliger, je t'ai donné la*
» *renommée et toute la considération qu'elle apporte;*
» *j'ai appuyé tes écrits par de vains éloges; je t'ai*
» *indiqué de bon cœur les moyens de leur assurer*
» *protection; ... je t'ai livré, sur ta demande, mes pro-*
» *pres ouvrages, pour les voir ensuite affublés clandes-*
» *tinement de ton nom infâme; en un mot, je t'ai*
» *donné ta gloire, je t'ai donné la mienne, et cela*
» *sans hésiter, résistant à peine lorsqu'il s'agissait de*
» *faire du mien le tien : et maintenant, scélérat, tu*
» *ne vois donc pas qu'en me déchirant c'est toi même*
» *que tu déchires* (²)! »

*Ces accusations deviennent encore plus précises
dans la pièce suivante, laquelle touche directement
au sujet qui nous occupe :*

« *Struma proteste sans cesse qu'il n'est nullement*
» *tourmenté par l'aiguillon de la gloire. Affirmez le*
» *contraire : il jurera ses grands dieux qu'il n'en est*
» *rien. Jugez-en. Un jour, certain ami, poète, lui*
» *envoie, pour le faire passer à quelque imprimeur,*
» *un livre nouveau dédié à Ammonius* (³) : *aussitôt*

______

(¹) *Scaligeri Poemata,* p. 418, éd. de 1621.

(²) *Ibid.,* p. 426.

(³) *Ammonius* pourrait être ici une allusion au nom de Godefroy
de Caumont, personnage auquel Scaliger a dédié plusieurs de ses
poésies.

» *notre homme vous biffe le nom d'Ammonius et écrit*
» *le sien à la place. Mieux que cela encore. Il n'entend*
» *rien de rien à la langue grecque, mais il a la déman-*
» *geaison de traduire du grec en latin ; se faire un*
» *renom par là c'est sa tocade : il en sèche, il en grille ;*
» *comment y parvenir? Mon Dieu, il a tout bonnement*
» *recours à l'aide d'Ambactus, à sa plume, et puis... le*
» *tour est fait : il vous passe cela comme étant sien.*
» *Conclusion : Struma dit vrai, il est sans ambition ;*
» *n'allez pas croire qu'il dérobe indignement la gloire*
» *des autres : tout au contraire, le bon prince fait*
» *aux autres la grâce de leur prêter son nom* (¹). »

*On sait, par ses attaques contre Érasme et Estienne
Dolet, combien Jules César Scaliger était enclin à
l'invective et à l'outrage. Il y avait en cet homme
extraordinaire un singulier mélange de réelle gran-
deur et d'orgueil excessif. Ayant parfaitement conscience de sa valeur hors ligne, il ne se crut pas
apprécié de ses contemporains comme il méritait de
l'être. Ce sentiment pénible et l'espèce d'isolement où
il vivait à Agen aigrirent son caractère, et finirent
par pousser jusqu'à l'extrême sa susceptibilité, son
irritabilité native ; si bien que, tout en reconnaissant
le vrai mérite là où il le rencontrait, il prit, comme
par représailles, l'habitude du dénigrement, et rendit
avec usure à beaucoup de savants de son temps les
dédains dont il était si disposé à les juger coupables
envers lui-même. Triste faiblesse d'une puissante
nature.*

En lisant les attaques de Scaliger contre son an-

____

(¹) *Scaligeri Poemata*, p. 427. — Cf. p. 187, 198, 205, 206,
207, 405, 419, 422.

*cien ami, il faut évidemment tenir compte de ce pen-
chant malheureux pour l'amplification brutale. Il est
possible que les louanges qu'il avait dans l'origine
accordées à Ferron fussent exagérées, mais on peut
affirmer que ses critiques furent encore plus outrées.
De Thou, Sainte-Marthe, Loisel ([1]), De Lurbe, J.
Alesme ([2]), De Brach ont rendu hommage au caractère et au mérite de Ferron; quand il mourut, tous les
lettrés de Bordeaux firent des vers à sa louange;
enfin, il fut l'ami de La Boëtie : de tels témoignages
atténuent singulièrement la gravité des accusations
de Scaliger.*

*Il est d'ailleurs très-probable que celui-ci se récon-
cilia plus tard avec Ferron, et il faut constater qu'il
ne publia pas lui-même les vers qu'il avait écrits contre
Struma ([3]). La part ainsi faite à l'exagération, la
vérité se réduirait à peu près à ceci : Ferron fut un
homme distingué, qui à un mérite réel joignait probablement le travers de vouloir paraître plus érudit
qu'il n'était en réalité. Longtemps Scaliger lui prêta
son aide, lui fit ses préfaces, lui communiqua des
notes ou même des traductions toutes faites, et, quand
une brouille regrettable eût privé de cet utile appui
le commentateur des Coutumes, la bonne fortune lui*

([1]) Dans sa *Guyenne*, p. 44 — Loisel fit aussi l'éloge de Ferron et
de ses ouvrages, à l'occasion d'un procès où la veuve du conseiller
défendait les intérêts de ses petites-filles contre le second mari de
leur mère. Voy. *Le Parlement de Bordeaux et la Chambre de Justice
en 1582*, par E. Brives-Cazes; *Bordeaux*, 1866, p. 112.

([2]) Dans la préface mise en tête du livre du président de Roffignac :
Commentarii omnium creato orbe historiarum; Lutetiæ, 1571, in-4°.

([3]) Ces vers ne parurent que dans le recueil de toutes ses poésies
latines, publié après sa mort par son fils Joseph.

fit rencontrer un secours plus précieux encore, en même temps que plus modeste, dans Estienne de La Boëtie. Il est temps de nous occuper de celui-ci.

Né à Sarlat (1) *en 1530, Estienne de La Boëtie était de quinze années environ plus jeune que Ferron. On a dit qu'il avait été élevé au collége de Guyenne, mais je ne sache pas que cette assertion repose sur aucune preuve sérieuse, et je suis disposé à la croire inexacte* (2). *Nous savons seulement* (3) *qu'il reçut de ses parents une éducation très-soignée. Peut-être faut-il entendre par là qu'il eut, comme Montaigne, pour « professeurs domestiques » quelques-uns des illustres savants qui se mettaient assez souvent alors aux gages des gens fortunés pour diriger l'instruction de leurs enfants. Ce qui est certain, c'est que La Boëtie acquit de bonne heure un savoir littéraire des plus remarquables. Montaigne nous dit avec quelle facilité il composait des vers grecs, latins et français; le volume de ses œuvres en contient même qui sont de son enfance* (4), *et la* SERVITUDE VOLONTAIRE *pourrait servir à prouver l'étendue et la précocité de son savoir. Pourvu, à l'âge de vingt-trois ans,*

(1) Notre collègue et ami, M. Leo Drouyn, savant archéologue autant qu'artiste habile, a déjà donné une vue de la maison de La Boëtie, à Sarlat, dans le *Magasin Pittoresque,* année 1850, p. 180; la *Société des Bibliophiles de Guyenne* doit aujourd'hui à son extrême obligeance la charmante gravure qui orne notre publication. — Le château de La Boëtie est situé à peu de distance de Sarlat.

(2) Voy. mon *Discours sur la Renaissance des lettres à Bordeaux au XVIe siècle,* p. 39 et 40, notes. Je m'efforce de ne point répéter ici ce que j'ai dit de La Boëtie dans ce travail.

(3) De Lurbe, *De viris illustribus Aquitaniæ,* p. 114.

(4) Montaigne, *lettre à M. de Foix.* — Cf. Scaliger, *Poemata* p. 396.

d'une charge de conseiller au Parlement de Bor-
deaux (1553), il « y acquit bientôt plus de répu-
tation que nul avant lui » ([1]*), et devint, comme on*
disait alors, un des « ornements du Sénat » ([2]*). Le con-*
seiller Brassac paraît avoir été celui de ses collègues
avec lequel il se lia d'abord le plus particulièrement.
C'était un véritable lettré, très grand ami de Scali-
ger, et qui allait être chargé par le docte Italien de
surveiller les progrès de ses fils, Léonard, Constant et
Joseph, alors confiés à Gélida, principal du collége de
Guyenne. Par suite de ce soin, Brassac était en cor-
respondance suivie avec Jules César, et celui-ci lui
écrivait le plus souvent en vers ses lettres intimes.
Initié ainsi au penchant du fameux critique pour la
poésie latine, Brassac lui adressa un jour, avec des
livres nouveaux, une pièce inédite de La Boëtie.
Scaliger fut séduit, et dès lors il désira entrer en
relation avec le jeune conseiller. Écoutons en quels
termes il parle de celui dont Montaigne devait tant
et si bien parler vingt ans plus tard.

C'est d'abord dans une lettre à Brassac, intéres-
sant échantillon de la correspondance versifiée des
savants de cette époque.

« Recevoir des dons éminents est doux, quel que
» soit celui de qui on les tient ; mais les tenir d'un
» homme éminent, c'est le comble : or, sur ce point,
» je puis me réjouir amplement, m'estimer heureux
» et honoré, puisque vous avez daigné faire de moi
» des éloges capables de m'attirer l'estime et l'amitié
» du grand La Boëtie, et de me valoir une faveur

(1) Montaigne, *Lettre à l'Hospital.*
(2) Florimond de Ræmond, *Anti-Christ,* ch. XIX.

» rare. On n'est pas plus empressé que vous, plus
» dévoué pour ses amis, qu'il s'agisse de leur être
» agréable, ou de leur être utile; on n'est pas plus
» gracieux que lui, lorsqu'il veut bien vous gratifier
» du miel de sa poésie, dont la douceur divine égale
» tout ce que l'antiquité a de plus savoureux; enfin,
» on n'est pas plus disert que vous deux, plus habile
» à pénétrer profondément les œuvres les plus obscu-
» res des anciens, à les rapprocher de celles des
» modernes, à dire de quel côté la balance semble
» pencher, et, en cas de doute, à faire à chacun sa
» juste part.

 » O vous, qui avez en horreur, en haine, la passion
» coupable de la popularité, l'envie perverse, l'insa-
» tiable avidité et l'ambition folle, vous que je révère,
» vous avez pour jamais mon amitié et mon estime;
» le temps ne détruira point cette affection qu'il a fait
» naître; elle croîtra sans cesse, au contraire, de
» même que, par les lois de la mère nature, le grain,
» frêle d'abord mais plein de sucs puissants, se gon-
» fle, dresse ses pousses, couvre les champs de tiges
» luxuriantes, et porte enfin des fruits.

 » Moi donc, ce Scaliger qui n'admire que peu de
» gens, qui court sus à tout le monde, homme juste
» pourtant, et, au fond, animé d'une vraie franchise,
» je ne craindrai pas de vous mettre au nombre des
» maîtres choisis, de vous donner rang dans les
» chœurs des Muses, de vous introduire dans les re-
» traites sacrées de l'aimable Hélicon, et parmi les
» représentants distingués de la latinité la plus pure.
» Que dis-je? C'est vous-mêmes qui, sans le savoir,
» m'aurez forcé à vous faire figurer sur ces pages
» avides de renommée, pages tout émues de vous

» *accueilir, car, pour le poëte, chanter des héros est*
» *un fardeau pesant aussi bien qu'un honneur véri-*
» *table.* »

» *Pour finir, mon cher Brassac, sachez qu'on m'a*
» *remis les* COMMENTAIRES *de Rufus d'Éphèse dont vous*
» *m'avez fait présent, ainsi que les doctes* ESSAIS
» *d'Arctée, homme aussi ennemi d'une forme labo-*
» *rieuse qu'on est aujourd'hui ami du fatras obscur*
» *et creux. Quant aux* ODELETTES, *aux ravissantes*
» *poésies d'Anacréon, selon votre recommandation, je*
» *vous les ai renvoyées, en y ajoutant mille remerci-*
» *ments; c'est du moins ce que j'ai enjoint de faire au*
» *précepteur à qui j'ai confié mes enfants; il le fera,*
» *sans doute; mais, s'il ne l'a déjà fait, la peste du*
» *pédagogue! c'est un animal, un rien du tout, un*
» *affreux chipeur de livres! Réclamez-lui donc les*
» *vôtres s'il s'est permis de ne pas vous les rendre, et*
» *comme l'incertitude où je suis à cet endroit est la*
» *cause du retard que j'ai mis à vous répondre, excu-*
» *sez-moi, je vous en prie* (¹). »

La fin de cette lettre nous fournit un trait saillant
des mœurs de cette grande époque : je veux parler de
l'ardeur, de l'avidité avec laquelle les savants recher-
chaient les impressions nouvelles qui leur offraient
le texte d'auteurs anciens encore inédits, et de l'em-
pressement qu'ils mettaient à les communiquer ensuite
à leurs amis. La devise célèbre Grolierii et amicorum
fut celle de la plupart des érudits d'alors. Elle était
particulièrement en honneur à Bordeaux (²), *et, si*

<hr>

(¹) *Scaligeri Poemata*, p. 19.

(²) Voir l'épître en vers de Scaliger à Brassac, p. 6 de ses *Poemata;*
cf. *ibid.*, p. 414. Voir aussi une de ses lettres (*Epist.*, p. 301), où il

Brassac prêtait et donnait des livres à Scaliger. La Boëtie, de son côté, en offrait à ses amis, et, parfois, ajoutait à ces dons un nouveau prix en les accompagnant de gracieuses et poétiques dédicaces de sa façon (¹).

Il paraît toutefois qu'il n'usait qu'assez rarement de son habileté singulière à écrire en vers latins. D'autres soins, d'autres études l'absorbaient (²), *ou plutôt quelque chose manquait à sa vie, car il n'avait pas encore Montaigne, et à son esprit sérieux les passe-temps de la muse latine ne pouvaient suffire. Aussi les instances de Scaliger pour avoir de ses poésies restaient souvent sans effet, et quelquefois l'illustre érudit lui adressait à ce sujet d'assez vifs reproches.*

prie Ferron d'emprunter à Candale ou à Briant de Vallée un Hippocrate d'Alde, et de le lui envoyer à Agen, afin qu'il puisse, lui Scaliger, copier quelques pages enlevées à son propre exemplaire par un chien de chasse.

(¹) Voir, p. 371 et 372 de l'édition des œuvres de La Boëtie donnée par M. Feugère, deux envois de ce genre à Belot et à La Chassaigne. Les notes de M. Feugère sur ces deux pièces ne sont pas bien exactes. Les *Carmina quinque poetarum*, offerts à Belot, n'étaient certainement pas un manuscrit, comme le suppose ce regrettable savant, c'était un volume très-répandu au XVI° siècle, et plusieurs fois réimprimé ; il venait d'en paraître une nouvelle édition à Florence (1552), in-8°. — Quant au *Solinus manu scriptus* donné à La Chassaigne, M. Feugère prétend que ce devait être un volume écrit de la main même de La Boëtie. C'est là une conjecture toute gratuite et très-peu vraisemblable. Les éditions de cet auteur étaient déjà fort nombreuses ; puisque La Boëtie donnait un manuscrit, c'était un manuscrit ancien : un manuscrit de sa main n'aurait eu aucune valeur.

(²) « Ce n'estoit ny son occupation, ny son estude, et à peine au » bout de chasque an mettoit il une fois la main à la plume, tesmoin » ce peu qui nous reste de toute sa vie. » MONTAIGNE, *Epistre à M. de Foix.*

« *Salut, disait-il, grand La Boëtie! J'ai naguère,*
» *dans une humble lettre, sollicité de vous l'envoi de*
» *ce fameux* HERMAPHRODITE, *œuvre de votre plume élé-*
» *gante, et vous m'aviez fait de plus la gracieuseté*
» *de me promettre votre* GROTTE *célèbre. Hélas! je n'ai*
» *encore rien reçu, et je suis surpris et affligé de voir*
» *que vous m'oubliez ainsi, moi l'admirateur sincère*
» *de vos œuvres. Vous me direz peut-être que je ne*
» *suis point à leur hauteur, mais, si vous allez par là,*
» *qui donc pourrait se permettre de lire vos écrits, di-*
» *gnes pourtant d'être connus dans tout l'univers?* [1] »

La Boëtie alors s'exécutait, il envoyait sa GROTTE
DE MEUDON [2], *son* HERMAPHRODITE [3], *et Scaliger
était ravi; et il écrivait à Brassac ses impressions
sur la valeur du jeune savant.*

» *La Boëtie, disait-il, est un homme qui a toutes*
» *les aptitudes. A quelque chose qu'il s'applique, il*
» *y dépassera tout ce que l'on peut attendre. Habile à*
» *dénouer les nœuds gordiens de l'un et de l'autre*
» *droit, il sait descendre des hauteurs d'une charge*
» *suprême, abaisser son esprit aux bagatelles d'Hip-*
» *ponax, et ne dédaigne pas de prendre la lyre de*
» *Phalœcus. Tout cela, nous l'avons vu; mais que ne*
» *sommes-nous pas appelés à voir encore, à moins qu'il*
» *ne veuille priver à la fois lui et nous des dons de*

[1] *Scaligeri Poemata,* p. 188.

[2] Piece de vers latins de La Boëtie intitulée : *Ad Musas, de Antro
Medono Cardinalis Lotharingi,* f° 105, r°, de l'édition originale des
œuvres de La Boëtie, p. 367, édition Feugère.

[3] Autre pièce de vers latins, écrite en réponse à une pièce de
d'Aurat, intitulée : *De Androgyno et Senatu semestri,* f° 117, v°, éd.
orig., p. 414, éd. Feugère. Voir la réflexion de Scaliger sur ces vers
de La Boëtie, *Poemata,* p. 190.

4

» son esprit! A vous, grand président (1), à vous
» revient le soin de dissiper cette crainte, cette anxiété
» cruelle, tellement qu'entraîné par la haute autorité
» de vos exhortations, il ne s'obstine plus à nous
» frustrer en se frustrant lui-même (2). »

Ici, les vers de Scaliger sont à l'unisson de la prose de Montaigne. C'est bien là cet homme de qui le moraliste disait : « Il semble qu'il ne s'en meslast [de » faire des vers] que pour dire qu'il estoit capable de » tout faire; car, au reste, mille et mille fois, voire » en ses propos ordinaires, avons-nous veu partir de » luy choses plus dignes d'estre sceues, plus dignes » d'estre admirées (3). La posterité, ajoute-t-il, le » croira, si bon luy semble, mais je luy jure, sur tout » ce que j'ai de conscience, l'avoir sceu et veu tel, tout » consideré, qu'à peine, par souhait et imagination, » pouvois-je monter au-delà, tant s'en fault que je » luy donne beaucoup de compaignons (4). » Si la postérité supposait que Montaigne se fût fait illusion sur le mérite réel de son ami, le témoignage de Scaliger viendrait, on le voit, confirmer tous ces éloges. Seulement, il faudrait toujours se souvenir que l'un de ces deux grands hommes parlait de La Boëtie comme ayant connu « le vray suc et moelle de sa valeur, » tandis que l'autre avait vu seulement « l'escorce et les feuilles. »

(1) Brassac remplissait les fonctions de président aux enquêtes.
(2) *Scaligeri Poemata,* p. 392. — Ailleurs (p. 324), dans une épître à La Boëtie et à Brassac, il disait au premier :

> Boetiane, splendor et decus poli,
> Quod nunc latinum vindicat decus sibi, etc.

(3) Montaigne, *Lettre à M. de Foix.*
(4) Montaigne, *ibid.*

Mais à n'étudier La Boëtie que superficiellement, comme dut le faire Scaliger, on peut encore constater « la vivacité de son esprit » et les « grâces compagnes ordinaires de ses actions (¹); » il suffit pour cela de lire dans le latin cette pièce charmante par laquelle il répondait avec une élégance vraiment attique aux éloges que le poète véronais lui avait adressés.

« Que vos iambes tombent bien, César! Je reconnais
» le grand homme et ses vers, car l'erreur n'est pas
» possible sur des choses sans égales; mais dans vos
» vers, ô Jules, j'ai peine à me reconnaître ainsi trans-
» formé par tant de iouanges, et ma modestie, peu ac-
» coutumée à de tels éloges, me fait bien voir que votre
» muse, qui peut tout, s'est plu, à propos de moi, à
» faire d'un pygmée un géant. Irai-je, en effet, parce
» que vous chantez mes louanges, m'aveugler jusqu'à
» croire que mes petits hendécasyllabes ou mes pau-
» vres scazons vous plaisent autant que vous voulez
» bien le dire? Non; j'aurai plus de pudeur, et je
» dirai que si mes vers vous plaisent, c'est qu'ils vous
» furent offerts par votre cher Brassac, et que les
» éloges accordés à la chose donnée vont à l'adresse
» du donateur. Ainsi, celui dans les veines duquel
» circule une bouillante jeunesse, celui dont Amour
» a su, par ses habiles flatteries, enjôler et subju-
» guer le cœur, celui-là, si par hasard, en jouant,
» une fillette a cueilli pour lui un pavot, un lis vul-
» gaire, un peu de thym lié d'un brin de lavande, il
» s'extasie de bonheur, s'éprend d'une belle flamme,
» embrasse dans le bouquet l'image de son amante,

______

(¹) Montaigne, *Lettre à l'Hospital.*

» se pavane, s'enorgueillit du don, et ne manque pas
» de le mettre au-dessus des roses et de l'amome ; peut-
» être est-ce de la sorte que Bacchus put jadis placer
» dans le ciel la couronne d'Ariane, mais c'est ainsi,
» faites en l'aveu, que vous avez chanté mes louanges.
» Grand Jules, vous avez envoyé mon éloge au Pré-
» sident, mais cet éloge, fait à mon nom, c'est l'éloge
» du Président même (1). »

Cette aimable modestie devait paraître à Scaliger
une chose bien peu naturelle. Esprit impétueux, mais
franc, au fond, dans les louanges qu'il donnait aux
autres, aussi bien que dans celles qu'il s'adressait à
lui-même, il ne devait pas comprendre qu'un homme
du mérite de La Boëtie ne fût pas plus enivré de lui-
même et des louanges de Jules César ; aussi lui
répondait-il avec sa brusquerie ordinaire :

« Que devrai-je donc croire ou ne pas croire dé-
» sormais, si vous niez ce que vous ne devriez point
» nier, à savoir que vous êtes l'image, mais l'image
» vivante des poètes anciens, la perle des modernes.
» Ces vers mêmes que vous venez de m'offrir ne sont-
» ils pas tout imprégnés du parfum des Grâces, sœurs
» de la divine Beauté ? »

Puis, emporté par cette véhémence qui était sa sin-
cérité à lui et sa grâce, il ajoutait :

« A vous, Muses, revendiquez dans sa maturité
» celui que vous avez choyé tout enfant (*) sur
» votre sein, enchaînez-le, emmenez-le captif, empri-
» sonnez-le, ne cessez de le flageller de reproches,

____

(1) OEuvres de La Boëtie, f° 119, v°, éd. orig., p. 420, éd. Feugère.
(*) Ceci, on le voit, est parfaitement d'accord avec l'assertion de
Montaigne, lettre à M. de Foix.

» *jusqu'à ce qu'il s'écrie enfin : Pardon! pardon! je*
» *me rends à vous! (1)* »

*J'ai cru devoir insister sur ces appréciations de
J. C. Scaliger, parce que personne, à ma connaissance, ne les avait mentionnées. La célébrité et le
mérite incontestable de l'illustre docteur leur donnent
un intérêt sérieux, et elles prouvent surabondamment
qu'avant les admirables éloges dus à la plume de Montaigne, l'auteur de la* SERVITUDE VOLONTAIRE *jouissait
déjà d'une grande réputation. Scaliger, d'ailleurs,
n'a probablement connu de La Boëtie que quelques
pièces de vers, et il n'a pu apprécier en lui que le
poète latin; s'il avait connu le savoir de l'helléniste,
son enthousiasme eût été bien autre sans doute, et les
louanges de l'interprète d'Aristote et de Théophraste
n'auraient pas fait défaut à l'habile traducteur de
Plutarque et de Xénophon.*

*Nous avons vu que Ferron s'occupait de mettre en
latin divers opuscules, non encore traduits, de Plutarque, au moment où des circonstances malheureuses
vinrent le brouiller avec Scaliger. Ces traductions
parurent successivement à Lyon, en 1555, 1556 et
1557, et, chose singulière, chacune d'elles porte une*

<hr>

(1) Scaliger, *Poemata*, p. 396. Cette dédicace a dû être écrite
très-peu de temps avant la mort de Scaliger (1558). La nouvelle de
cette mort parut avoir vivement ému La Boëtie; les vers latins qu'il
adressa à ce sujet à cette occasion montrent ses regrets sincères, et
sont empreints d'une... Cf. ... chante f° 110, r°, éd. orig.,
p. 387, éd. Feugère. Le ... grand nombre de vers qui furent faits,
sans doute, pour célébrer la mémoire de son illustre père, Joseph
Scaliger n'en trouva point de mieux réussis que ceux de La Boë-
cie; ce sont ceux qu'il choisit pour les placer en tête de la fameuse
Poétique de Jules César.

épitre dédicatoire que nous savons être l'œuvre de Scaliger (¹). *De ce fait, il faut, ce semble, conclure que les deux vieux amis ne tardèrent pas à se réconcilier* (²).

(¹) Voyez ci-dessus, p. 12, note 2. — Je ne retrouve pas, dans les *Epistolæ et Orationes* de Scaliger, la dédicace que Ferron mit en tête du traité *Sur l'inscription du temple de Delphes.*

Je n'ai pu voir moi-même ces divers volumes. Mon savant ami, M. C. Barbier de Meynard, qui a bien voulu les rechercher pour moi dans les grands dépôts de Paris, n'en a trouvé qu'un seul, à la Bibliothèque Mazarine : en voici le titre : *Plutarchi liber contra Coloten, quo id suscipitur probandum : Ne vivere quidem jucunde quenquam posse, qui sectam sequatur Epicuri; Arnoldo Ferrono Burdigalensi regio consiliario interprete. Ad Dianam Valentinam, principem Pictonicam, Sanctovaleriamam. Lugduni, Apud Seb. Gryphium,* 1555, in-12. L'épitre dédicatoire à Diane de Poitiers est conforme à celle qui se trouve dans les *Epistolæ et Orationes* de Scaliger. La traduction occupe 68 pages; les notes, toutes relatives au texte grec, une page et demie.

Le lexique bibliographique d'Hoffmann me fournit encore les titres suivants :

Plutarchi contra Coloten liber prior et posterior, latine, Arnoldo Ferrono interprete. Lugd., apud Sebast. Gryphium, MDLV.

Plutarchus pro nobilitate, latine, Arnoldo Ferrono interprete. Lugd., apud Sebast. Gryphium, MDLVI.

La traduction du traité *Ne vivere quidem jucunde quenquam posse qui sectam sequatur Epicuri,* et celle du traité *Contra Coloten,* qui doit être dédié à Catherine de Médicis (*Scaligeri Epistolæ,* p. 71), ont été reproduites par Henri Estienne dans son édition grecque-latine. Cela me paraît une assez bonne recommandation de ces travaux.

Le traité *De la noblesse* est apocryphe; le texte n'en a été publié que dans le siècle dernier, et sur un manuscrit beaucoup moins complet que celui dont Ferron a fait usage, lequel provenait peut-être de la riche bibliothèque de l'évêque de Rieux que Ferron avait souvent mise à contribution. M. Dubner a conservé la version de Ferron dans l'édition qu'il a donnée des *Pseudo-Plutarchea.*

(²) D'autres raisons encore me font croire à cette réconciliation. D'abord Ferron écrivit à Scaliger une lettre d'excuse très-humble et pleine de repentir (*Epist. Scalig.,* p. 216); dans une autre lettre

Je n'ai point à rechercher ici quel est le mérite absolu de ces différentes versions de Ferron; je me contenterai de dire qu'en général traduire un auteur ancien qui n'a jamais été traduit est une tâche difficile; et je ne crois pas qu'il existe une seule traduction princeps, faite au XVIe siècle, qui puisse actuellement être reproduite sans retouche, quelle qu'ait été la supériorité de celui de qui elle émane. Or, en ce qui touche les ŒUVRES DIVERSES *de Plutarque, les difficultés étaient notablement accrues, d'abord par le style de l'auteur même et les matières ardues dont il traite, puis par l'état d'un texte très peu correct (¹), et par les innombrables allusions et citations poétiques que rien ne distinguait alors de la prose de Plutarque.*

Ferron est-il parvenu à éviter tant d'écueils accumulés sur sa route? Non, certainement. Il a commis des erreurs, et, quand il a fallu deviner, il n'a pas toujours deviné juste. Mais, pour être équitable, il faut ajouter que, le plus souvent, il a compris son auteur, rendu la pensée d'une manière convenable, et

(p. 217), on voit que Scaliger avait en quelque sorte promis de reprendre sa correspondance avec Ferron, peut-être grâce à l'intercession de son fils Sylve. Ensuite Joseph Scaliger, dans sa fameuse épître à Dousa sur la vie de Jules César, mentionne Brassac et Ferron comme ayant été les meilleurs amis de celui-ci à Bordeaux. Joseph n'aurait certainement point parlé de Ferron, si la rupture avait duré; et il devait être parfaitement informé là-dessus, ayant vécu auprès de son père depuis 1554, époque de la brouille, jusqu'à la mort de Jules César, en 1558.

(¹) Ferron faisait usage de l'édition de Froben. Cela est dit dans la dédicace du traité dédié à Diane de Poitiers (1555). Par la version et les notes du traité *de l'Amour* et du traité *Sur l'inscription du temple de Delphes,* on voit qu'il suivait encore le même texte, ainsi que La Boétie, et qu'ils n'avaient pas sous les yeux l'édition d'Alde.

fait parfois d'assez heureuses conjectures pour restituer le texte.

S'avançant le premier dans une voie inexplorée, dépourvu de l'appui qu'offre toujours l'œuvre d'un devancier, si imparfaite qu'elle soit, Ferron dut sentir souvent la nécessité de prendre des conseils autour de lui. Osa-t-il consulter Scaliger, ou utiliser les communications que celui-ci avait pu lui faire avant leur querelle? demanda-t-il quelques avis à l'excellent Élie Vinet? je l'ignore; mais ce qui est parfaitement certain, c'est qu'il en demanda à Estienne de La Boëtie, qui était ou allait être allié à sa famille ([1]), et obtint de lui, au moins pour le traité DE L'AMOUR, des communications importantes. Je serais même porté à croire que c'est à ce fait que Scaliger faisait allusion, lorsqu'il parlait, comme on l'a vu plus haut, de la grande part revenant à Ambactus dans certaine traduction signée de celui qu'il appelait Struma.

Les notes de La Boëtie conservées par Ferron, et que je reproduis aujourd'hui, nous permettent de nous faire une idée de la nature du travail fourni au traducteur de Plutarque par le jeune et éminent helléniste; mais, en réalité, la collaboration de celui-ci dut être beaucoup plus importante qu'on ne serait porté à le croire par l'examen pur et simple des remarques subsistantes. Nous savons, en effet, que les notes parvenues jusqu'à nous sont seulement un extrait

---

([1]) Voy. Montaigne, *Lettre à son père.* La Boëtie épousa Marguerite de Carle, laquelle devait être une nièce du célèbre Lancelot de Carle, et de Pierre de Carle, conseiller, puis président au Parlement de Bordeaux. Ce dernier avait épousé la sœur d'Arnaud de Ferron. Voyez les lettres latines de J. C. Scaliger, p. 105.

de celles qu'il avait fournies. Certaines observations relatives à des passages compris dans les deux premiers tiers du traité DE L'AMOUR *ont été supprimées, et celles se rapportant au dernier tiers n'ont pas été conservées. Du reste, il faut remarquer que l'ensemble de ces annotations avait essentiellement le caractère d'une communication amicale, et il est très-probable que La Boëtie ne les écrivait pas avec la pensée de les voir imprimer plus tard (¹). Tout porte à croire que, d'ordinaire, lorsque Ferron adoptait les remarques ou corrections de La Boëtie, ces corrections étaient introduites par lui dans le corps même de sa version (²), et il jugeait inutile dèslors de les répéter à la fin du volume. Une négligence de l'imprimeur nous fournit même un exemple trèsimportant des surcharges faites sur le manuscrit (³). Peut-être aussi Ferron qui, si l'on en croit Scaliger, était assez tenace dans ses idées (⁴), supprimait-il*

(¹) A l'appui de mon assertion, je citerai les notes 59, 64, 85. La note 85 montre que La Boëtie écrivait ses remarques très-rapidement, de tête, si je puis dire, et sans prendre le temps de consulter ses livres.

(²) Très-souvent même les mots de la version de Ferron, rapportés par La Boëtie en tête de chaque remarque, ne se retrouvent plus dans cette version, et y sont remplacés par les termes fournis par La Boëtie. — Il serait possible que La Boëtie n'eût remis ses observations que lorsqu'on eut déjà commencé l'impression du travail de son ami. Cette circonstance, qui n'aurait point exclu l'introduction de quelques modifications légères sur les épreuves de la première partie, expliquerait fort bien la suppression des remarques de La Boëtie à partir de l'endroit où Ferron aurait pu les fondre entièrement dans le texte même de sa traduction.

(³) Voir ma note sur la 99ᵉ remarque de La Boëtie.

(⁴) *Scaligeri Poemata,* p. 422. *In Strumam :*

> *In eruditione si quid erravit,*
> *Vel elocutione, vel modo rerum,*

celles des remarques de son collègue qui se trouvaient en opposition avec ses propres idées. En tout cas, il est certain que nous n'avons qu'une partie du travail de révision accompli par La Boëtie sur la version de Ferron; mais ce qui subsiste suffit pour que l'on puisse constater le mérite du philologue et la valeur de son œuvre.

« C'est mon homme que Plutarque, » disait Montaigne (¹); c'était aussi l'homme de La Boëtie. Il y avait seulement entre eux cette différence que Montaigne aimait Plutarque pour l'avoir lu dans Amyot, tandis que La Boëtie l'aimait pour l'avoir lu dans le grec et l'avoir traduit et restitué lui-même.

On connaît, en effet, ses traductions françaises des Règles de mariage *et de la* Lettre de Consolation. *Divers érudits leur ont accordé des éloges; mais, en les appréciant, on n'a peut-être pas assez tenu compte des difficultés que de pareils travaux présentaient au XVIᵉ siècle, difficultés sensiblement amoindries aujourd'hui que d'innombrables éditeurs et commentateurs ont, successivement, corrigé les textes fautifs et éclairci les obscurités de la plupart des œuvres que l'antiquité nous a léguées. La Boëtie était dépourvu de tels secours; il travaillait sur des textes encore remplis de lacunes et d'erreurs, et, non seulement il*

> Quum quis merendo corrigenda menstravit,
> Circumveniri se calumniis clamat :
> Non vult amari, non amare vult Struma,
> Non vult amari Struma, vult adorari.

Pour être juste, il faut ajouter que Scaliger devait être singulièrement absolu dans les avis qu'il donnait, et de fort mauvaise humeur lorsqu'on ne les suivait pas exactement.

(¹) *Essais*, II, 10.

saisissait le sens malgré les fautes, mais encore il
corrigeait celles-ci. A l'aide d'un examen attentif de
ses traductions, on pourrait facilement montrer combien il avait le sentiment vrai de la phrase grecque (¹),
avec quelle précision il saisissait la pensée de son
auteur, et avec quel tact il s'apercevait des défectuo-
sités du texte (²); mais les notes communiquées par
lui à Ferron nous font connaître d'une façon bien
plus nette les procédés savants et ingénieux de sa critique. Ici, en effet, nous le voyons expliquer ou corriger son texte par la comparaison d'autres passages
de Plutarque, comparaison pour laquelle il fallait
alors se passer du secours des index, ou s'en confec-
tionner soi-même; nous le voyons expliquer des hel-
lénismes non compris, montrer leurs équivalents
latins, découvrir dans la prose des fragments de
poésies, expliquer les allusions, remplir discrètement
des lacunes et faire des corrections que les meilleurs
éditeurs ont dû lui emprunter, ou que des manuscrits
ont justifiées depuis.

Ferron, qui pouvait le juger à l'œuvre et sur des
preuves que nous n'avons plus, voyait en lui « un
» homme vraiment attique, et le second Budé de son
» siècle. » Cet hommage semblera sans doute exagéré
si l'on ne considère que l'étendue assez restreinte des
travaux philologiques de La Boëtie; mais il ne serait
que vrai, je crois, pour qui se donnerait la peine de

(¹) Il a, par exemple, donné avant Toup, Sturz (*Lex. Xen.*, II,
519) et Weiske le sens de la phrase ἡ γῆ ζέλουσα, etc., dans l'Éco-
nomique de Xénophon, ch. V, 12.

(²) M. Feugère, p. 301 de son édition, a indiqué une correction
très-juste du texte des *Règles de mariage*. On en trouverait, je crois,
beaucoup d'autres en étudiant attentivement ces versions.

constater combien le jeune savant avait une complète et délicate connaissance de la langue grecque.

Le traité DE L'AMOUR, *ainsi traduit par Ferron aidé de La Boëtie, parut en 1557, à Lyon, chez Jean de Tournes* (¹). *Malgré la célébrité du typographe,*

(¹) Voici la description du volume. Le format est le petit in-8° de l'époque. Dans un assez joli encadrement, à figures pantagruéliques, se trouve le titre : *Plutarchi Chæronei Eroticus. Interprete Arnoldo Ferrono Burdigalensi regio consiliario, ad Franciscum Nomparem Caulmontioraum* (sic) *regulum. Lugduni, apud Joan. Tornaesium.* — M.D.LVII. — L'épître dédicatoire *Francisco Nompari Caulmontiorum* (sic) *regulo,* occupe les pages 3, 4, 5, 6 et 7. — Cette dédicace se retrouve dans les *Epistolæ* de Scaliger, p. 88, avec ce titre : *Ad Franc. Nomparum* (sic), *in versionem Erotici Plutarchi, nomine amici.* Seulement, Ferron y a introduit, vers la fin, un fragment d'une autre dédicace faite aussi par Scaliger *nomine amici,* et qui se retrouve p. 285 des *Epistolæ* de celui-ci. — Le texte de la version commence à la p. 8, et finit à la p. 78. On trouve en marge quelques variantes et corrections. — En tête de la p. 79, on lit : *Marta Valeria Arnoldi Ferroni hæc congerebat.* Suivent de courtes pièces de vers latins, la plupart traduites de l'*Anthologie.* A la p. 80, sous le titre : *Recognita quædam,* commencent les notes que nous reproduisons, immédiatement suivies, p. 92, de la mention : *Hæc adnotare libuit, etc.;* puis viennent, sans intervalle, sur la même page, des notes latines évidemment de Ferron, renfermant des variantes pour sa version, lesquelles continuent jusqu'à la p. 98. En tête de la p. 99, on lit : *Restituta alia;* ce sont des corrections du texte avec renvois en marge à la page de Froben. Ces *restituta* se terminent à la p. 101, et sont suivies de cette mention : *Hæc e multis pauca, quæ, si tibi, lector, probantur, fruere, sunt enim meæ conjecturæ.* Au verso du même folio, se trouve la marque de J. de Tournes, formée des enlacements d'une banderolle portant ces mots : *Son art en Dieu.*

Dans l'exemplaire que j'ai sous les yeux, cet opuscule est réuni à divers autres ouvrages de Ferron dont voici les titres :

Plutarchi Chæronei de inscriptione particulæ hujus II, pro foribus Delphici templi libellus. A. Ferrono Burdigalensi regio consiliario interprete. Ad Diam Joannam Navarrorum reginam. Lugduni, apud Joan. Tornaesium. — M.D.LVII. — Quarante pages, dont trois de dédi-

le livre fut imprimé avec une extrême négligence. A la suite de la traduction, se trouvent les notes d'Estienne de La Boëtie, précédées de ce titre : RESTITUTA QUÆDAM. *Elles sont suivies de ces mots :* « Hæc adno- » tare libuit, pleraque (¹) autem sunt ex iis quæ a

cace, et une et demie de *restituta* du texte. Le titre est dans le même encadrement que celui de l'*Eroticus.*

Aristotelis liber, nunc primum versus, adversus Xenophanem, Zenonem et Gorgiam; interprete Arnoldo Ferrono Burdigalensi regio consiliario. — *Bessarionis Niceni disputatio de infinito, pro Xenophane, Melisso, Parmenide, adversus Aristotelem.* — *Arnoldi Ferroni pro Aristotele adversus Bessarionem libellus. Lugduni, apud Joan. Tornaesium.* — M. D. LVII. — Dédicaces à Pierre de Carle, président au Parlement de Bordeaux, beau-frère de Ferron, et à Joseph de Vallier, conseiller; quelques *restituta* sur le texte d'Aristote; dissertation de Maxime de Tyr, *Qui sit finis philosophiæ,* et réfutation de Ferron. Quatre-vingt-dix pages, plus un feuillet pour la marque, à la fin. Même encadrement au titre.

Aristidis oratio qua persuadere contendit Smyrnæis non decere in festis Deorum conviciis et infamibus comædiis uti. — *Ejusdem in puteum Æsculapii. Ad Jacobum Betonum archiepiscopum Glasconensem. Interprete Arnoldo Ferrono Burdigalensi consiliario. Lugduni, apud Joan. Tornaesium.* — M. D. LVII. — Même encadrement au titre, et même marque à la fin. Deux pages d'épître dédicatoire et vingt-six pages de version. A la suite, et la pagination continuant de 27 à 38, se trouve : *Maximi Tyrii concio utrum Diis dicanda signa.* Ces versions de Maxime de Tyr ne sont pas de Ferron, et, bien que rien ne l'indique, elles sont extraites de la traduction de Paccius, qu'Henri Estienne réimprimait, en cette même année 1557, à la suite de son édition *princeps* du texte grec.

L'exemplaire de ces divers opuscules dont j'ai fait usage appartient à la Bibliothèque de Bordeaux. Je saisis cette occasion pour remercier M. Gergerès, bibliothécaire, et M. Rancoulet, sous-bibliothécaire, de l'obligeance avec laquelle ils ont bien voulu m'accorder la communication prolongée de ce volume.

(¹) Ceci nous montre qu'il ne faut pas attribuer à La Boëtie toutes ces notes, mais seulement la plupart d'entre elles. On verra, en effet, qu'il y en a plusieurs qui font double emploi, et ne peuvent être du même auteur.

» Stephano Boëtho (¹), collega meo, viro vere Attico et
» altero ætatis nostræ Budæo excepi. » *Après cette
mention que rien ne distingue du reste, et qui est
comme perdue dans l'ensemble de la page, viennent
immédiatement des notes ou variantes de Ferron sur
sa propre version; puis, sous le titre de* Restituta
alia, *des corrections du même sur le texte grec. Cette
disposition typographique très-confuse, la forme latine peu connue du nom :* Stephanus Boëthus, *ont eu
pour résultat de faire attribuer indistinctement à
Ferron l'ensemble des notes. Personne, que je sache,
n'a encore restitué à La Boétie ce qui lui appartient
dans cet ouvrage, et ceux même qui l'ont pillé ont
cru sans doute piller son ami.*

*Sur ce dernier point, nous devons entrer dans quel-
ques détails, qui se trouveront complétés par les notes
dont nous avons accompagné les remarques de La
Boétie.*

*Treize ans environ après la publication du livre
qui renfermait ainsi les travaux des deux conseillers
sur le traité* de l'Amour, *et alors que l'un et l'autre
était depuis longtemps déjà descendu dans la tombe* (²),

(¹) Cette transcription latine nous donne la prononciation de Ferron
(*t* dur), laquelle paraît être la bonne.

(²) Ferron et La Boëtie moururent en 1563. Une des nombreuses
pièces de vers faites sur la mort de Ferron les réunit dans un même
souvenir :

Ad Martham Valeriam.

*Heroum si, Martha, animas post fata referret
    Astra inter Deus et lumina clara poli,
Ferronus postquam, Montanus, Boetiusque
    Invenere inter sydera densa locum,
Non unum terris Solem ostendisset Olympus,
    Alternum hæc tenebris lumen at astra darent.*

on vit paraître à Bâle, en un volume in-folio, une traduction latine de toutes les ŒUVRES DIVERSES *de Plutarque, écrite par un savant qui avait déjà donné une version complète des* VIES *, par Guillaume Xylander* (¹), *un des hommes de ce siècle qui ont le*

Le troisième vers semble indiquer que, dès cette époque (1563), quelques-uns prononçaient le nom de La Boétie en faisant sonner distinctement l'o et l'e (o long). — Je ne sais quel est le Montaigne dont il est question au même vers. Dans les lettres de Scaliger, je trouve ces mots (p. 105) : *Montanus suavissimis salutationibus me saturavit*, et ceux-ci : *Utrumque Montanum saluta*. L'un de ces deux devait être le père de Michel.

Je citerai une autre pièce de vers sur Ferron, laquelle se trouve, comme la précédente, en tête de l'édition in-folio des *Commentaires sur la coutume*; elle constate qu'il s'était encore occupé d'un travail d'archéologie sur l'Aquitaine. Cette pièce, adressée à J. de La Chassaigne, est de Pierre Pascal, érudit fort estimé de cette époque :

> *Dum patriæ illustrans leges ænigmata solvit,*
>   *Abditaque Aonia sensa recludit ope;*
> *Noctes atque dies veterum dum scripta revolvit,*
>   *Romano Graios dum docet ore loqui;*
> *Dum memorans Regum Francorum fortia facta,*
>   *Omni mansurum tempore condit opus,*
> *Et stylo Aquitanas urbes percurrit et amnes,*
>   *Prisca novis jungens nomina nominibus,*
> *Cassaniane, tuus moritur Ferronius, alter*
>   *Cassaniane, tuæ Burdigalæ Ausonius.*
> *Eheu! cur fatis sic fas disponere? pravis*
>   *Sera nimis veniat mors, properata bonis.*

(¹) Xylander était né en 1532, deux ans après La Boétie. En 1561, lorsqu'il publia sa traduction des *Vies*, il avait donc 29 ans. — En 1572, il réimprima sa version *OEuvres morales*, et y ajouta des notes. — Il existe une autre traduction latine des *OEuvres morales* de Plutarque, due à Hermann Cruserius (1573); bien qu'ayant eu au moins deux éditions, elle est tellement rare que Wyttenbach n'a pu se la procurer. Je ne la connais pas non plus, et ignore si Cruserius a fait usage des versions de Ferron et des remarques de La Boétie.

plus fait pour le progrès des lettres grecques; car, bien que sa pauvreté l'obligeât à travailler très-rapidement, sous peine de mourir de faim, sa connaissance du grec était si profonde que, même à la course, il saisissait mieux que tout autre le sens des anciens auteurs, corrigeait les textes en les traduisant, et les reproduisait en un latin clair et élégant qui rendait facile et agréable au plus grand nombre la lecture des œuvres qu'il avait entrepris de vulgariser.

Malgré ces grands mérites qu'il faut hautement reconnaître, et qui lui permettaient de ne rien devoir qu'à lui-même, Xylander eut le tort grave de ne pas toujours faire honneur à ses prédécesseurs de ce qu'il leur empruntait (¹). *Il doit beaucoup à Ferron pour la traduction et la correction de plusieurs traités* (²),

(¹) Il faut dire, à la vérité, que les savants du XVIᵉ siècle n'étaient pas très-scrupuleux sur ces sortes d'emprunts. Henri Estienne, publiant son Platon, a certainement fait usage de l'édition d'Hopper (1556) et des notes de Cornarius; il leur doit beaucoup de ses meilleures corrections; cependant il a négligé de le déclarer. Fischer a eu raison au fond de reprocher à H. Estienne cette façon d'agir; mais on peut dire, à la décharge de ce grand homme, qu'il ne pouvait espérer par là s'approprier absolument le bien d'autrui, car il savait parfaitement que les éditions d'Hopper et de Cornarius, répandues partout, permettraient toujours de constater l'origine de beaucoup de corrections; puis, s'il n'a pas dit de ses prédécesseurs immédiats le bien qu'ils méritaient, il n'a pas non plus critiqué leurs fautes. Xylander ne serait pas aussi facilement excusable dans ses emprunts à La Boétie et à Ferron, et si l'on veut invoquer en sa faveur une circonstance atténuante, il faut la chercher dans la situation nécessiteuse qui l'obligeait à écrire à la hâte, et l'empêchait d'apporter tout le soin désirable aux notes de ses ouvrages. (Voir sur Xylander une lettre intéressante de Joseph Scaliger à Saumaise, p. 468 de ses *Opuscula*.)

(²) Dans le traité *Sur l'inscription du temple de Delphes*, Xylander

et, en ce qui concerne le traité DE L'AMOUR dont nous nous occupons ici, on peut dire véritablement que la version de Ferron est la base constante de celle de Xylander. De nombreux passages, il est vrai, sont rendus par ce dernier d'une façon tout à fait différente; mais le plus souvent les phrases de Ferron sont transcrites sans autre changement que des transpositions légères, ou des substitutions de mots destinées à rendre le style plus précis et plus coulant.

Xylander doit beaucoup aussi à La Boëtie, que probablement il n'a pas distingué de Ferron (¹). Il s'est parfois visiblement inspiré de ses explications, et n'a pas manqué de lui emprunter ses excellentes corrections du texte grec. Mais il n'a jamais trouvé un mot d'estime pour La Boëtie, pas plus que pour Ferron, et quand, par hasard, un savant d'outre-Rhin a émis après ceux-ci, ou d'après eux, une bonne conjecture, c'est à ce savant seul qu'il accorde des éloges (²). Xylander, dont on a de tout temps reconnu l'immense savoir, n'aurait rien perdu à être plus équitable.

Tandis que Xylander traduisait et corrigeait Plutarque à Heidelberg, deux français illustres, Henri Estienne et Jacques Amyot, s'occupaient de leur côté du même auteur.

doit à Ferron, p. 388 A (édition de 1620), ποιοῦνται pour ποιοῦντȣ; p. 388 B, ἔτι pour ἐστί, etc. Il lui doit aussi la mention d'un passage important d'Eusèbe; il est vrai qu'il paraît convenir de ce dernier emprunt, mais c'est encore pour critiquer Ferron de n'avoir pas fait de ce passage tout l'usage possible (p. 19 des annotations de Xylander dans l'édition de 1620).

(¹) Voyez les notes que j'ai placées sous les remarques de La Boëtie.
(²) Voyez ma note sur la 90ᵉ remarque de La Boëtie.

En 1572, comme si la publication prochaine de son immense et admirable Trésor de la langue grecque n'eût pas suffi à sa docte activité, Henri Estienne donnait un Plutarque complet, grec et latin, en treize volumes in-octavo. De même que toutes ses éditions, celle-ci portait la marque de son immense savoir; toutefois, l'illustre éditeur, partagé entre tant de travaux, n'avait pas soigné également toutes les parties de la collection, et l'on pouvait lui reprocher de n'avoir point, dans ses notes, indiqué la source de ses corrections et justifié ses nombreuses conjectures. Par suite de ce défaut d'indications critiques, il n'est pas possible de constater à première vue si Henri Estienne a connu les notes de La Boëtie; mais l'examen de son édition me ferait croire qu'il ne les a pas consultées directement. En effet, si quelques-unes des corrections proposées par l'auteur de la Servitude volontaire se trouvent dans le texte de Henri Estienne (¹), beaucoup d'autres ne s'y trouvent pas, et, parmi ces dernières, plusieurs sont d'une importance telle que certainement l'habile éditeur ne les aurait pas négligées s'il en avait eu connaissance (²); il est donc plus naturel de penser que lorsque des corrections semblables à celles de La Boëtie apparaissent dans l'édition de Henri Estienne, c'est que l'ami de Montaigne et l'illustre helléniste s'étaient rencontrés dans ces heureuses conjectures : doctes rencontres, également honorables pour l'un et pour l'autre de ces deux grands hommes (³).

(¹) Voir, par exemple, les remarques 25, 56 et 84 de La Boëtie.
(²) Voir, par exemple, les remarques 89, 92 et 98 de La Boëtie.
(³) On dira peut-être que H. Estienne ayant reproduit la traduction.

Ce qui pourrait être douteux à l'égard de Henri Estienne ne l'est nullement à l'égard d'Amyot. Le savant évêque d'Auxerre a certainement eu sous les yeux le volume de nos bordelais (1); *il s'est servi de la version de Ferron, et n'a négligé presque aucune des notes de La Boétie, si bien qu'en un passage il s'est mis à traduire la paraphrase latine de celui-ci, au lieu du texte de Plutarque* (2). *On ne saurait lui en faire un crime. Visant non point à éditer Plutarque pour les savants, mais bien à le mettre en français pour le public, Amyot apportait tous les soins possibles à construire son édifice, mais il n'avait pas à en montrer l'échafaudage. Partout où il trouvait de bonnes interprétations il s'empressait d'en tirer parti; ici il en a trouvé d'excellentes, et il a bien fait de les adopter. Ce n'est pas Montaigne, en tout cas, qui aurait reproché à « ce bon homme » des emprunts qui ont contribué à rendre plus parfait le livre dont tant de gens allaient faire leur « breviaire* (3). »

Les éditions grecques-latines de Plutarque de 1599,

de Xylander, a pu souvent, au moyen de cette traduction, deviner les corrections de La Boétie adoptées par Xylander, ainsi que celles de ce dernier. Cela ne serait pas impossible, sans doute, cependant je ne crois pas que cela soit. Si H. Estienne avait usé des versions de Xylander pour corriger son texte, il l'aurait corrigé en une foule d'endroits où il l'a laissé fautif; Xylander même en a fait la remarque.

(1) En voici une preuve matérielle. Par suite d'une faute typographique, on a imprimé dans la version de Ferron (p. 31) : *principium Menalippæ*, au lieu de *Melanippæ*, titre d'une pièce d'Euripide; Amyot a reproduit l'erreur qui n'est point dans le grec. Ailleurs, dans l'interprétation d'un passage difficile (p. 753 D du texte grec, édition de 1620), Amyot a manifestement suivi Ferron.

(2) Voir ma note sur la 69ᵉ remarque de La Boétie.

(3) *Essais,* II, 4.

1620, 1624, où se trouvent réunis sans beaucoup de soin les travaux de Xylander et de Henri Estienne, restèrent, jusqu'à la fin du siècle dernier, la base essentielle de toutes les études faites sur le philosophe grec. Reiske n'y ajouta guère que des conjectures, et l'édition qui porte son nom n'est point, à proprement parler, une édition nouvelle, surtout dans la partie qui renferme les Œuvres diverses. Enfin, en 1795, commença à paraître l'excellente édition des Morales soignée par Daniel Wyttenbach, un des chefs-d'œuvre de l'érudition moderne. Elle fournit une recension nouvelle du texte de toutes les Œuvres diverses, avec la version de Xylander retouchée. Malheureusement le texte seul de cette édition est complet : Wyttenbach, mort en 1820, ne put achever son docte commentaire, lequel s'arrête aux pages qui précèdent le traité de l'Amour. Nous ne pouvons pas savoir, par conséquent, si Wyttenbach aurait fait usage dans ses notes du volume de Ferron ; mais cela est peu probable, car il ne l'a pas mentionné dans l'index des éditions et versions de chaque traité qu'il a placé en tête de son premier tome, ce qui semble indiquer qu'il n'a point eu connaissance de ce livre.

Sans nous exagérer en quoi que ce soit le mérite du volume de Ferron, nous n'hésitons pas à affirmer que si l'honnête et savant Wyttenbach avait pu le consulter, il aurait souvent rendu justice à ce qui s'y trouve de bon.

Il n'est pas d'ami des lettres anciennes qui n'ait mainte fois regretté de voir rester inachevé le monument élevé par Wyttenbach à la gloire de Plutarque. Il y a trente ans environ, on eût quelque espoir de le voir compléter par un homme de beaucoup de savoir.

M. Auguste-Guillaume Winckelmann, qui avait entrepris cette œuvre méritoire, publia en 1836, à Zurich, comme spécimen d'un supplément à l'édition de Wyttenbach, le traité DE L'AMOUR et les NARRATIONS AMOUREUSES. Hâtons-nous de le dire, ce spécimen était de nature à faire désirer vivement la continuation de l'entreprise; mais, depuis, M. Winckelmann semble avoir abandonné Plutarque pour s'occuper particulièrement de Platon (¹). Il faut donc se contenter de joindre à l'édition de Wyttenbach le traité DE L'AMOUR édité par M. Winckelmann; ce n'est qu'un pas de plus vers l'achèvement d'une admirable édition, mais c'est un pas considérable, car ce traité est un de ceux que le temps et les copistes ont le plus maltraités, et M. Winckelmann en a tout à la fois amélioré le texte par une révision encore plus soigneuse que celle de Wyttenbach, et éclairci les principales obscurités dans un commentaire très-ingénieux et très-érudit.

J'ai cependant une critique assez grave à adresser au savant éditeur, celle même que j'ai adressée à Xylander. M. Winckelmann a connu le livre de Ferron; après l'avoir cherché longtemps, il a fini par le trouver à la Bibliothèque de Berne; mais il prétend avoir bien vite constaté que ce volume ne pouvait lui être d'aucune utilité (intellexi plane inutilem esse).

Cette dernière assertion est tout à fait inexacte et injuste. Le volume de Ferron n'a point été inutile

---

(¹) Dès 1833, ce savant avait publié une édition très-remarquable de l'*Euthydéme*. Depuis, M. Winckelmann a donné, avec MM. Baiter et Orelli, une des éditions les plus correctes du texte de Platon.

à M. Winckelmann. Cet éditeur y a trouvé de bonnes remarques dont il a fait son profit ([1]), mais il n'a cité Ferron que pour relever ses erreurs et le tourner en ridicule :

> ita sunt isti nostri divites :
> Si quid benefacias, levior pluma 'st gratia,
> Si quid peccatum 'st, plumbeas iras gerunt ([2]).

Je le constate avec regret, lorsque M. Winckelmann a rencontré dans le livre des savants bordelais tant d'heureuses restitutions copiées par Xylander, il n'a pas su ou n'a pas voulu les voir ([3]), et c'est à ce premier

([1]) M. Winckelmann, par exemple, a évidemment emprunté la 13ᵉ note de La Boëtie. Il est vrai que cette fois il n'a pas eu la main heureuse. Il a trouvé dans les notes 71, 74, 91, les éléments constitutifs de plusieurs excellentes observations et restitutions. Il ne dit pas que Ferron, l'un des auteurs de ce livre inutile, était le premier à lui indiquer qu'un passage d'Euripide (p. 48, 30, éd. Winck.) se retrouvait ailleurs dans Plutarque (p. 1105 B) ; le premier à lui signaler un vers d'Homère (p. 56, 12) ; le premier à l'avertir qu'on trouvait la traduction d'un long passage du texte dans les *Leçons* de Vettori (66, 21). M. Winckelmann ne dit pas non plus que ce même rêveur de Ferron lui a inspiré l'une des restitutions qu'il estime les plus heureuses et les plus certaines (p. 44, 19) ; il s'agit d'une lacune : Ferron propose (p. 100) de la remplir avec χαρίης, et M. Winckelmann avec χαρίεν.

([2]) Plaute, *Pœnulus*, III, vi, 16 et suiv.

([3]) Voyez ci-après les notes placées sous les remarques de La Boëtie. — Mais, en ce qui touche particulièrement Ferron, voici quelques exemples : M. Winckelmann attribue à Xylander, ou bien à la collation *Turn. Vulc. Bong.*, des corrections (p. 8, 7) que la version de Ferron indiquait parfaitement ; il attribue à Xylander la correction Κάμμαν (66, 2) : elle est dans Ferron qui, pour la confirmer, cite précisément un autre passage de Plutarque, allégué d'après lui par Xylander (et aussi par M. Winckelmann) ; il attribue à Xylander, à Reiske, ou à Wyttenbach, des conjectures qu'il pouvait et devait

emprunteur qu'il en a laissé le mérite, estimant sans doute qu'il était inutile, après une si longue prescription, de rendre à des français inconnus de lui ce que leur avait pris un homme aussi célèbre que Xylander, et ne se doutant nullement que ce Stephanus Boëthus, auteur de la plupart des bonnes corrections, était, grâce à Montaigne, destiné à vivre encore peut-être dans la mémoire des hommes quand on aura oublié les anciens et modernes éditeurs de Plutarque.

Sur ce point donc, M. Winckelmann aurait pu suivre plus fidèlement les traditions d'exactitude consciencieuse de Wyttenbach son illustre prédécesseur.

Enfin, un savant que la France est heureuse de posséder (¹), M. Dübner, a plus récemment publié une

---

trouver dans Ferron; par exemple, πάντα pour ταῦτα (p 42, 9), et (p. 50, 14), ποθοῦντας pour ποθοῦνται, corrections confirmées plus tard par des manuscrits; puis αὐτῇ ψυχῇ pour αὐτά ψυχή (ibid.), puis (62, 15) βουλόμενον pour βουλόμενοι; il accepte (54, 9) la leçon καὶ κατωργίασται au lieu de καὶ τωργίαται des premières éditions, mais il ne dit pas que Ferron a le premier proposé cette heureuse correction. Il est inutile de pousser plus loin cette revue fastidieuse; ces quelques exemples suffisent amplement, je pense, à justifier mon assertion.

(¹) La France, hélas! n'a plus ce bonheur. Au moment même où l'on va mettre ces pages sous presse, j'ai la douleur d'apprendre que le grand helléniste n'est plus. Les lettres grecques regrettent en lui un de leurs plus fermes soutiens, et ce livre sera un des premiers à porter la marque de son absence. M. Dübner, qui était un homme aussi bon que savant, avait bien voulu me promettre de revoir le texte de Plutarque avec les remarques de La Boétie; il avait celles-ci sous les yeux et allait commencer sa révision, si précieuse pour cet ouvrage, lorsque la mort est venue le surprendre. Un peu auparavant, il m'écrivait : « Il est bon, par le temps qui court, que les philhellènes » et les critiques désintéressés s'unissent plus étroitement : les rangs

édition grecque-latine des MORALIA de Plutarque. Le texte y est encore amélioré, la version rectifiée; mais le plan de la collection Didot, dont cette édition fait partie, excluant un commentaire étendu, M. Dübner n'a point eu à disserter sur les sources des corrections admises dans le texte de son auteur, et à s'occuper de rendre à La Boëtie ce que Xylander et d'autres lui avaient pris. D'ailleurs, le docte éditeur aurait peut-être difficilement rencontré le très-rare volume de Ferron dont aucun manuel de bibliographie ne signale l'importance aux curieux et aux érudits, et qui, par suite, est en train de disparaître comme tant d'autres livres réputés sans valeur.

Ce qu'aucun éditeur de Plutarque n'a fait encore, je vais m'efforcer de le faire en reproduisant et corrigeant de mon mieux les notes de La Boëtie qui nous ont été conservées dans le mince in-octavo si incorrectement imprimé par Jean de Tournes.

Sans doute, cette restitution tardive n'ajoutera pas beaucoup à la gloire de La Boëtie qui a été plus et mieux qu'un habile helléniste; je crois, cependant, qu'elle ne lui sera point inutile, car, en nous permettant de constater que Montaigne est resté au-dessous de la vérité dans les éloges qu'il a accordés au philologue, elle nous fera lire avec une plus entière confiance les pages que l'auteur des ESSAIS a consacrées à l'homme et à l'ami.

En effet, bien que le volume d'œuvres diverses publié par les soins de Montaigne nous mette en

_____

» semblent vouloir s'éclaircir... » Pourquoi faut-il que lui-même vienne ainsi, prématurément, laisser une grande place vide sur ce front de bataille déjà si éprouvé par la perte récente des Boissonade, des Hase et des Victor Le Clerc?

face de La Boëtie savant, ce n'était point le talent de l'érudit qui avait réellement captivé le philosophe. Montaigne aimait et admirait un La Boëtie plus intime et supérieur : il avait pénétré dans les mystères de cette âme d'élite que nous ne connaissons et ne connaîtrons jamais que par lui ; et, lorsqu'il l'eût perdu, tout lui devint précieux d'un tel ami. Tout ce qu'il put recueillir de ses travaux, il le publia pour honorer sa mémoire, sans se faire d'ailleurs illusion, et sentant bien que les ouvrages qu'il tirait de l'oubli ne sauraient jamais, malgré leur mérite réel, faire juger l'homme à sa valeur vraie, à celle qu'il lui connaissait lui-même. Peut-être, d'ailleurs, devrait-on faire une remarque à laquelle Montaigne n'a pas songé, ou que du moins il ne pouvait exprimer, c'est que ces travaux d'érudition de La Boëtie étaient, pour la plupart, antérieurs à l'époque où éclata leur amitié ; le traité DE L'AMOUR parut dans l'année même où ils se connurent. Or, je crois fort que La Boëtie devenu ami de Montaigne fut un autre homme qu'auparavant. A dater de l'époque de leur liaison, on peut affirmer que, tout entiers à leur communion nouvelle, ils ne cessèrent de grandir l'un par l'autre : l'amitié faisait deux grands hommes et préparait un grand livre.

J'apporte un document ignoré qui fera mieux connaître la haute valeur du La Boëtie primitif et encore incomplet ; quant au La Boëtie parfait, savant encore, mais surtout grand cœur et grand esprit, c'est dans les ESSAIS qu'il faut le chercher ; non pas seulement dans les endroits où il est parlé de lui, mais un peu partout, car partout où Montaigne cesse d'être ingénieux et subtil pour devenir

*ferme et s'élever dans les plus hautes régions de la
pensée, partout où son âme vibre, s'émeut et touche,
je croirais volontiers qu'il y a, par le ressouvenir,
quelque influence de La Boëtie.*

REINHOLD DEZEIMERIS.

*ferme et s'élever dans les plus hautes régions de la
pensée, partout où son âme vibre, s'émeut et touche,
je croirais volontiers qu'il y a, par le ressouvenir,*

AVERTISSEMENT

L'impression originale des remarques de La Boëtie est extrêmement défectueuse. Dans la réimpression qui suit, j'ai corrigé les fautes provenant d'erreurs typographiques évidentes; j'ai aussi modifié la ponctuation, presque toujours vicieuse, et rétabli, d'après l'édition de Plutarque suivie par l'auteur (Froben, *Bâle*, 1542), les citations grecques que l'imprimeur de Lyon avait défigurées.

Les mots et chiffres placés entre crochets ne se trouvent pas dans l'édition originale, et ont été ajoutés pour plus de clarté.

Les phrases et parties de phrases qui se lisent en tête de chaque remarque désignent les passages de Plutarque et de la version de Ferron auxquels se rapporte la remarque. Afin d'éviter la confusion qui existe à cet endroit dans l'édition originale, j'ai distingué par des caractères italiques les extraits de la version de Ferron, et j'ai ajouté un tiret pour séparer ces extraits de ce qui appartient à l'annotateur.

Enfin, les renvois placés en tête de mes notes, immédiatement après les numéros d'ordre entre crochets, indiquent la page et la ligne de l'édition des *Moralia* de Plutarque publiée chez Didot par M. Dübner. Par exemple, cette indication : [16], 916, 1, signifie que la 16ᵉ remarque concerne un passage de Plutarque qui se trouve à la page 916, ligne 1ʳᵉ, de l'édition grecque-latine.

Bien que, d'après le témoignage de Ferron, l'on ne doive attribuer à La Boëtie que la majeure partie de ces remarques, comme il est impossible de distinguer sûrement des autres celles qui ne sont pas de lui, j'ai, en général, désigné La Boëtie comme l'auteur de chacune. Le lecteur voudra bien se souvenir que cette désignation, commandée par la brièveté, peut, dans quelques cas, n'être point rigoureusement exacte.

R. D.

IN

PLUTARCHI EROTICO

RECOGNITA QUÆDAM *

[1] *Hos sive scriptis,* οὓς εἴτε γραψάμενος. — Hæc verba, ni fallor, non rogantis sunt, sed promissa postulantis; ideòque sic interpretor : « quem (¹), à nobis rogatus, modò narraturus es, sive eum scriptis mandaris, sive memoria tenes, quòd ea de re sæpissimè patrem rogaveris, [etc.] »

[2] *Scisne quantum,* οἶσθα ὅσον. — Nihil aliud hîc est ὅσον (²) quàm « quid, » ut et alibi sæpè; itaque sic interpretor : « scis verò quidnam à te postulaturi simus? »

[3] *Sed sciam vobis dicentibus,* ἀλλὰ εἴσομαι λεγόντων. — Λεγόντων aoristus est in participio; ideò sic verto : « minimè, sed, cùm dixeritis, tum sciam. »

[4] *Noli,* ἄφελε. — Respondebit græco si ita dicatur : « parce orationi inserere, etc. » Poeticum tamen hoc « parce, » sed mirè convenit græco.

---

* L'édition originale porte simplement RECOGNITA QUÆDAM.
[1] 914, 36. — (¹) Il faut sous-entendre *sermo.*
[2] *Ibid.,* 43. -- (²) Les éditeurs modernes lisent ὃ τοῦ.
[3] 915, 1.
[4] *Ibid.,* 2.

[5] *Cursus,* διαδρομή. — « Decursus » si dicatur respondebit græco; sed ego « anfractus » dicerem.

[6] *Et quæcumque alia, etc.,* καὶ ὅσα ἄλλα τοιούτων, etc. — Locus est obscurus, nec ausim improbare interpretationem; at modò sic intelligo : « parce inserere prata et umbras et cætera ejusmodi quæ plurimi quidem non probant, voluntque Helissum (¹) et cætera à Platone describi audacter magis quàm appositè (²). »

[7] *Quorsum,* τί δέ. — « Quid verò indiget? »

[8] *Recta est oratio,* εὐθύς. — Hic εὐθύς adverbium est (³), non nomen. Ubi autem (⁴) legitur ἑξῆς, legendum ἐξ ἦς (⁵). Sensus ergo est : « quid verò opus habet hæc narratio procemiis? Statim ab initio occasio unde sermo cœpit chorum postulat; » nam « chorum, » non « saltationem » dicendum. Intelligit enim tantas esse turbas in ipso initio narrationis ut choro tragico opus sit; itaque (⁶) ostendunt sequentia verba, σκηνῆς καὶ δράματος, hic enim δρᾶμα tragœdiam significat, ut alibi sæpè.

---

[5] 915, 4.

[6] *Ibid.,* 4. — (¹) *Helissum* doit être une faute d'impression; la forme Ἑλισσός qu'on trouve dans Pausanias (*Attique,* ch. xix, éditions antérieures à celle de Siebelis) ne saurait justifier cette orthographe, et il faut lire *Hilissum.* La Boétie et Ferron avaient sous les yeux le texte de Froben, qui porte Ἱλισσόν, avec un esprit rude.

(²) Le savant Mercier (*Notes sur Aristénète,* I, 3) parait donner à ce passage le même sens que La Boétie. Cette interprétation n'a pas été suivie. Voir la note de Boissonade, p. 265 de son édition d'Aristénète.

[7] *Ibid.,* 8.

[8] *Ibid.,* 9. — (³) Sur un des sens du mot εὐθύς, on peut consulter. Ruhnken, *Notes sur le Lexique de Timée,* p. 56, éd. 1789, et les critiques cités par ce savant illustre.

(⁴) *Ibid.,* lig 10, éd. Dübner.

(⁵) Correction juste qui a été adoptée par tous les éditeurs.

(⁶) Peut-être faudrait-il lire *idque* au lieu de *itaque.*

[9] *Unà servet,* καὶ συναπο γώξειν τὸν μῦθον. — « Ut
unà mecum ejus narrationis memoriam revocet. »

[10] *Morum gratia maximè ornatum,* μάλιστα
εὐημεροῦντα — Intelligo : « cui in ejus amore inter
omnes procos optimè res cesserat ; » aut ; « cui in ejus
amore magis quàm cæteris procis secundæ res
erant (¹). »

[11] *Duos itaque,* δύο δὲ (²). — « Duos aut tres fermè
dies in civitate unà fuerunt, semper in palæstris aut
theatris philosophantes, etc. »

[12] *Per Jovem,* νὴ Δία. — Non memini apud Latinos
me legisse « per Jovem » in eo sensu, quo Græci
dicunt νὴ Δία. Verterem : « sanè. »

[13] *Formosa satis,* ἱκανὴ τὸ εἶδος. — « Forma idonea, »
dixit Terentius (³), et, ni fallor, exprimit græcum.

[9] 915, 13.
[10] *Ibid.,* 21. — (¹) Interprétation adoptée par Amyot. Xylander
a traduit : *omniumque procorum gratia primus erat.*
[11] *Ibid.,* 25. — (²) Il faut lire sans doute δύο μέν, comme dans
le texte de Plutarque.
[12] *Ibid.,* 36.
[13] *Ibid.,* 38. — (³) M. Winckelmann, dans ses notes et dans
son index, fait la même citation, mais, contre son habitude, il n'indique pas l'endroit de Térence où se lirait cette expression. J'ai voulu
la rechercher, et, malgré le secours des meilleurs index, je ne l'ai pas
rencontrée. M. Winckelmann a donc évidemment emprunté cette
citation à La Boétie ; mais, puisqu'il le croit ainsi sur parole, il n'aurait pas dû, dans sa préface, faire si bon marché du livre où se trouvent, après tout, des notes qu'il a jugées dignes d'être transcrites.

La Boétie, en citant de mémoire, a pu faire erreur ; cependant,
comme je ne retrouve nulle part l'expression citée, et comme ces
annotations ont été imprimées avec une extrême négligence, je croirais volontiers que la note est incomplète. Peut-être faudrait-il lire :
« ἱκανὴ τὸ εἶδος. — « *Formà idonea ;* » formà honestà, *dixit Terentius* (Andria, 1, 1, 95 ; Eunuchus, 1, 2, 87), *et, ni fallor, exprimit græ-*

[14] *Et proferens.* — « De eo » adjiciendum censeo.

[15] *Prædam venabantur*, συγκυνηγοί. — Hinc demo « prædam. »

[16] Post verbum *deliberaret*, deest interpretatio ejus incisi : ὧν ὁ μὲν, *etc.*, usque ad verbum ὁ δέ. Volunt autem sibi ea verba : « quorum hic quidem ejus erat frater patruelis, et quidem grandior natu. »

[17] *Evertendum objiceret*, προΐεμένου. — « Dederat. »

[18] *Ut illis non visis et in eis novus*, ὡς (¹) αὐτῶν ἀθέατος καὶ νεαρός. — « Ut ea non respiciat, sed semper puer, etc. »

[19] *Ex præmunitione*, ἐκ παρασκευῆς. — « Ex composito. »

[20] *Oblitus sermonum*, λόγων. « Literarum » intelligo (²).

[21] Λήθη δὲ λόγων, *oblitus autem est sermonum.* — Λόγοι καὶ λόγος, apud hunc auctorem et alibi, sæpè significant « studia bonarum artium (³), » ut indicat locus apertus in principio libri περὶ τᾶς τῶν παίδων ἀγωγῆς,

---

...um. » — En ce cas, *forma idonea* serait une expression de La Boëtie. Il faut remarquer d'ailleurs que, si La Boëtie avait trouvé dans un auteur ancien *forma idonea* ou *formâ idoneâ*, il n'aurait pas songé à ajouter *ni fallor*, attendu que cela rendait le grec de la façon la plus exacte.

[14] 915, 43.
[15] *Ibid.*, 49.
[16] 916, 1.
[17] *Ibid.*, 4.
[18] *Ibid.*, 8. — (¹) L'édition de Frobenius porte : ὅπως ἀθέατος αὐτῶν καὶ νεαρός. Les éditeurs modernes lisent ὅπως ἀθέατος αὐτῷ.
[19] *Ibid.*, 13.
[20] *Ibid.*, 20. — (²) Cette note fait double emploi avec la suivante; il est probable qu'elle n'est pas de La Boëtie. — L'ordre des remarques 21, 22 et 23 est interverti dans l'édition originale.
[21] *Ibid.* — (³) Voir dans le Lexique de Wyttenbach les nombreuses nuances de cette expression chez Plutarque.

itaque interpretor : « hinc nulla jam amplius studiorum in literis, nulla amplius patriæ cura. »

[22] Ἀμέλει, *profecto*. — « Nimirum enim Protogeni
hujusmodi aliqua causa peregrinationis fuerat; » aut :
« scilicet [etc.] »

[23] *Vel minima cum mulieribus*, τῇ γυναικωνίτιδι
μέτεστιν. — « Veri autem amoris nullum est in mulierum thalamis vestigium (¹). »

[24] Τῇ γυναικωνίτιδι μέτεστιν, *cum mulieribus*. — « In
fœminarum thalamis reperitur. »

25] *Voracitas quædam et vitæ cupiditas appellatur*, λαιμαργία τις ἢ φιλοψυχία. — Omnino malè legitur
φιλοψυχία, nullo sensu; legendum haud dubiè φιλοψία (²),
« immoderata cura ciborum. » Sic idem auctor usus
est τῶν συμποσιακῶν τετάρτου προβλήματι δ´ (³).

[26] Νέαν, *mollem*. — « Florentem et vegetam (⁴) »
intelligo.

[22] 916, 26.

[23] *Ibid.*, 38. — (¹) Autre note qui fait double emploi avec la
suivante, et qui est probablement d'un autre auteur.

[24] *Ibid.*

[25] *Ibid.*, 45. — (²) M. Winckelmann en approuvant cette correction, admise aujourd'hui par tous les éditeurs, l'attribue à Xylander. Mais Xylander l'avait prise à La Boétie. M. Winckelmann aurait
pu s'en convaincre s'il s'était donné la peine d'étudier de plus près la
publication de Ferron qu'il qualifie d'absolument inutile, mais dont
les inutilités deviennent pour lui d'excellentes choses, dès que Xylander
les a signées de son nom :

> *Vous leur fites, seigneur,*
> *En les croquant, beaucoup d'honneur.*

(³) Ce renvoi exact, comme celui de la note 21, montre l'étude
sérieuse que La Boétie avait faite du texte de Plutarque.

[26] *Ibid.*, 50. — (⁴) L'imprimé porte *vegetam*. Je rapporte cette
erreur parce qu'elle pourrait conduire aussi à restituer *vigentem*; le
texte dit : εὐφυεῖς καὶ νέας ψυχάς.

[27] Οὐκ ἐθέλει παραμένειν, *non vult expectare*. — « Amplius non durat. »

[28] Οὐδὲ θεραπεύει (¹) τὸ λυποῦν καὶ ἀκμάζον, [κ. τ. λ.] — « Quippe qui nec forma movetur, nec angitur, eamque non aliter colit nisi fructum ferat amicitiæ et virtutis, secundùm mores amatorum et ingenia. »

[29] Πόθῳ στίλβων, *desiderio*. — « Cupiditate; » verbum est Ciceroni familiare in hac significatione ut respondeat πόθῳ.

[30] Τοῖς ἀξίοις ἐπιμελείας, *sedulitate necessaria* (²). — Ad personas, non ad res refertur : « adhortans eos qui ejus cura digni sunt. »

[31] *Alii quidem irrident eos,* ἕτεροι μὲν γάρ. — « Nam alii risum non tenebunt. »

[32] Δεῖ δέ τινος εὐπρεπείας, *decore autem quodam*. — Honestum quemdam prætextum intelligit per εὐπρέπειαν, ut loquitur Quintilianus (³).

[33] Ἀφροδισίων παιδικῶν κοινωνία, *nulla Venere participes sunt*. — « Nulla est in amore puerili Veneris communicatio. »

[34] Ἐπιλαβέσθαι, *apprehendisse*. — Non « apprehendisse, » sed « reprehendisse. »

[35] Τόδ' ἐξοπλίζειν τοῦτος ἀργεῖον λέων, *illud vero est,*

---

[27] 917, 6.

[28] *Ibid.* — (¹) Le texte de Plutarque porte θεραπεύειν.

[29] *Ibid.,* 24.

[30] *Ibid.,* 29. — (²) Dans l'édition originale, cette note est confondue avec la précédente par l'absence de ponctuation après πόθῳ.

[31] *Ibid.,* 50.

[32] 918, 42. — (³) Je pense que Quintilien n'est cité ici que pour le mot *honestum* qui revient, en effet, très-souvent sous sa plume.

[33] *Ibid.,* 49.

[34] 919, 15.

[35] *Ibid.,* 16.

etc. — Versus est iambicus (¹). « Sermone inermi convenit Græcis loqui (²); » nam ἀργεῖον λεὼν « Argivum populum » significat.

[36] *Comprehensam propemodum,* μόλις συνεχομένην. — « Vix teneri. »

[37] Συνδιακεκαλυμμένῳ καὶ γέμοντι πυρός, *contecto et pleno igni.* — Intelligit Daphnæum modò amare perditè Lysandram, non ejus forma captum, sed quòd multus illi usus esset cum quodam qui eam deperibat, et qui erat διακεκαλύμμενος (³) καὶ γέμων πυρός.

[38] Προσκρούοντα, *reclamat* (⁴). — « Scilicet quòd et judices offendo et mihi ipsi noceo. »

[39] Ἐμοῦ γε ἕνεκα πάσαις γυναιξὶν ἐραστήν. — Sensus est (⁵) : « contendo igitur, id antè præfatus per me liceret huic adolescenti amare quamlibet mulierem, [etc.] »

[40] Μέγα γὰρ ἂν ἐλαφρᾷ, *magnum, etc.* — « Nam, in ea ætate, etiam nuberet quantumvis humili et obscuræ, difficile tamen esset, in ea conjunctione, cum in vinum (⁶) temperatum locum suum tenere. »

(¹) M. Winckelmann ne dit point que La Boëtie a été le premier à distinguer ce vers de la prose de Plutarque.

(²) La mauvaise leçon du texte ἐξοπλίζειν pour ἐξοπλίζει a entraîné cette interprétation fautive. La correction est due à Xylander.

[36] 919, 21.

[37] *Ibid.,* 28. — (³) On a abandonné cette leçon, et, au lieu de συνδιακεκαλυμμένῳ, on lit συνδιακεκαυρίνῳ.

[38] *Ibid.,* 32. — (⁴) Cette remarque est confondue avec la précédente dans l'édition originale.

[39] *Ibid.,* 37. — (⁵) M. Winckelmann constate que Wyttenbach a eu raison de donner cette interprétation au lieu de celle de Xylander, mais il ne dit rien de La Boëtie qui avait devancé Wyttenbach.

[40] *Ibid.,* 40. — (⁶) L'édition originale porte *unum,* ce qui est une erreur évidente, puisqu'il y a οἴνου ἴσαν dans le grec.

[41] Δοκοῦσαν, *sperare*. — « Quodammodò, veluti regnare. »

[42] Περικόπτουσι, *contemnunt et incidunt*. — Sensus est : « quidam, cùm uxores locupletes duxerunt, ipsi spontè, earum divitias, ut animi pinnulas, amputant, ne his sublatæ avolent; » nam sic interpretandum esse locum suadent verba, et locus planus paulò infrà (¹), in his verbis : πλοῦτον μὲν αἱρεῖσθαι [κ. τ. λ.]

[43] Κἂν μένωσι, *melius est*. — « Si enim uxores divites maneant. »

[44] Ταῦτα γὰρ ἐρωτικά. — Totus hic locus corruptus est.

[45] Φυγεῖν τις ἂν ἔχοι. — Ἔχοι lego (²). Sensus est : « eam vero quæ se amare fatetur nemo non debet fugere et execrari, non uxorem ducere, etc. »

[46] Παυσαμένου δὲ τοῦ Πρωτογένους, *cùm autem, etc.* — Intelligendum est Daphnæi hæc esse verba, et fortassè deest in græco Δαφναῖε (³). Sensus est (⁴) : « vides quomodò, dùm semper ad communem hypothesin

---

[41] 919, 43.
[42] *Ibid.*, 46. — (¹) Page 921, lig. 17 de l'edition de M. Dubner.
[43] *Ibid.*, 50.
[44] 920, 12.
[45] *Ibid.*, 17. — (²) La leçon proposée par La Boëtie, et confirmée depuis par la collation des manuscrits de Paris, est adoptée par les éditeurs modernes.

[46] *Ibid.*, 20. — (³) Cette conjecture a été suivie par Xylander et par Amyot. Wyttenbach, d'après un manuscrit, a ensuite rétabli ὁ πατήρ, ce qui désigne Plutarque lui-même.

(⁴) M. Winckelmann considère ce passage comme à peu près désespéré jusqu'à la découverte de meilleurs manuscrits. La version de Wyttenbach qu'il fond dans celle de Xylander est, en effet, très-peu satisfaisante. Il eut mieux valu, ce me semble, suivre La Boëtie dont l'interprétation a été adoptée par Amyot.

redit, eò nos adducat, non invitos, ut necesse sit res-
tim sequi, et amorem nuptialem in genere defendere. »

Postea Anthemion respondet; « intelligo, inquit,
quinimo et pluribus quàm antea rationibus ab amore
illos prohibere conatur; » hoc enim significant ea
verba (1) : ἀμύνει διὰ πλειόνων νῦν αὐτοὺς ἐρᾶν. « Tu verò,
modò tantùm fer opem opibus, quibus nos maximè
nunc Peisias terret. » Sic sensus erit apertus; ut autem
sic intelligatur, ubi legitur εἰ δὲ βοηθήσων, reponendum :
σὺ δὲ βοήθησον (2).

[47] Αἱ δὲ σώφρονες, *pudicæ*. — Totum hoc per interrogationem legendum puto : « quid pudicæ? nonne
earum severitas et contractum os habet aliquid grave
et intolerandum? » Sed suspicor modò legendum
κατερρυπωμένον (3), ut significet munditiem quam vide-
mus ferè in pudicis.

[48] Κατεσσυμμάτων. — Locus discutiendus (4).

(1) Page 920, ligne 25 de l'édition de M. Dubner.

(2) Amyot et Wyttenbach ont fait la même conjecture, mais en
l'étendant au membre de phrase qui précède. La restitution de La
Boétie a l'avantage de se rapprocher beaucoup plus du texte des
manuscrits.

[47] 920, 30. — (3) Amyot a adopté cette correction; Reiske et
Wyttenbach l'ont de nouveau proposée d'après Amyot. M. Winckelmann la repousse.

[48] *Ibid.*, 36. — (4) Xylander et Wyttenbach ont aussi été arrê-
tés par ce mot. M. Winckelmann propose de lire καταχυσμάτων,
conjecture très-ingénieuse et très-probable qui repose sur l'usage
établi chez les Athéniens de répandre des figues, des noix, etc., sur
la tête des esclaves nouvellement achetés, quand ils entraient pour la
première fois dans la maison de leur maître. Voy. les annotateurs
d'Aristophane sur le *Plutus*, v. 768. M. Dubner a reçu dans son
texte la correction de M. Winckelmann. — Au lieu de δι᾽ ὠνὰς
κατεσσυμμάτων que donne Froben, Ferron lisait : δι᾽ ὠνὰς κατσσυμό-
των, leçon qu'Amyot a adoptée, et que Wyttenbach a aussi proposée.

[49] *Hujus aras, etc.,* ἧς ἱερὰ καὶ ναός. — Sensus est : « Belestiæ (¹) templa habent, aut (²) certè Veneris Belesticæ, Alexandrini, sic imperante (³) rege ; » nam vult non ampliùs ab Alexandrinis Belestiam vocatam, sed Venerem Belesticam.

[50] ὀχυρωμένῳ. — Non est nomen proprium, sed sensus est : « Antigonus, cùm scriberet ei qui præsidio tenebat Munichiam, et in ea munienda erat occupatus, jussit non tantùm ut torquem faceret validum, sed et canem invalidum, indicans scilicet ut Atheniensium opes frangeret. »

[51] Δύσμικτα. — « Difficile enim duo conveniunt cùm utrumque fervidum adhuc est, et in ipso juventutis flore. »

[52] Περφύλαττε τὴν ὥραν. — Sensus est : « observavit horam qua solebat (⁴) Bacchon, eundo ad gymnasium, pro foribus ejus ire moderato gressu. »

[53] Πλούτῳ χλιδῶσα, *etc.* — « Opibus affluens fœmina, mortalia tantùm sapis. »

[54] *Et nisi natura,* καὶ εἰ μή. — « Et sanè cujus (⁵)

---

[49] 920, 54. — (¹) L'édition de Froben portait Βελεστίη ; on a depuis rétabli Βελεστίχη, ou Βελεστίχη, ce que Ferron semble avoir pressenti, puisqu'il traduit par *Belestica.* Amyot a mis « Belistiche. »

(²) Les éditeurs modernes ont supprimé ἤ devant Ἀφροδίτης.

(³) L'édition de Froben porte ἐπιτρέψαντος τοῦ βασιλέος. H. Estienne a rétabli ἐπιγράψοντος. Mais La Boétie avait bien saisi le sens, comme l'indique le mot *vocatam* employé par lui dans son explication.

[50] 921, 20.

[51] *Ibid.,* 37.

[52] 922, 9. — (⁴) La Boétie pourrait avoir suppléé le mot ἔθος qui n'était pas dans son texte, et que M. Winckelmann a rétabli d'après un manuscrit de Paris. Voir cependant Matthiæ, *Gram. gr.,* § 559, *b.*

[53] *Ibid.,* 14.

[54] 923, 1. — (⁵) Ce *cujus facilitatis* doit être une faute d'im-

facilitatis et stultitiæ fuisset me celare, cui omnia
committebat consilia (¹), quemque, hac in re, maximè
partes Ismendoræ sequi sentiebat. »

[55] *Nam cùm vult, ὅτι γάρ ἂν θελήσῃ.* — « Nam
quod (²) concupiverit amor, id vita, id opibus, id pro-
prii nominis jactura redimit. »

[56] Εἰληρίναι τὸν ἄνθρωπον ἐπίνοια. — Legendum τὴν
ἄνθρωπον (³), ut ad Ismenodoram referatur; mirè enim
congruit dictum Pemptidis quod sequitur.

[57] Οὕτως ὁρῶν, *etc.* — Sensus est : « cùm viderem
de amore decertantes, cùm uterque suum esse diceret,
in mentem non veniebat mirari quòd divinum aliquid
et eximium haberetur, cùm tantam eum viderem vim
habere ut compelleretur hinc, retineretur tamen, et ab
utrisque coleretur; itaque tum silebam, videbam enim
non tàm publicam et communem esse disputationem
quàm privatam disceptationem; nunc autem, etc. »

pression. Je ne vois point comment on pourrait restituer le commencement de la phrase; *facilitatis* ne semble pas être le mot juste;
l'auteur aurait-il écrit *simplicitatis?* Le grec porte : ἁπλοῦς καὶ
ἀφελής.

(¹) La Boétie parait avoir suivi la leçon vulgaire τελῶν. M. Winckelmann admet dans son texte τ᾽ ἄλλων qu'il attribue à Xylander, mais
il ne dit point que la version de Ferron avait pu suggérer cette correction

[55] 923, 5. — (²) On voit que, bien avant Xylander et Henri
Estienne, La Boétie transformait en ὅ, τι l'ancienne leçon ὅτι. Amyot
l'a suivi, ainsi que les éditeurs modernes. M. Winckelmann ne dit
point que La Boétie a, le premier, indiqué cette correction.

[56] *Ibid.,* 9. — (³) Correction que tous les éditeurs ont admise
depuis, mais sans dire que La Boétie l'avait faite avant Xylander et
Henri Estienne. Plutarque emploie plus loin la même expression
(page 929, ligne 18, éd. Dubner).

[57] *Ibid.,* 19.

[58] Οὐ δι᾽ ἄκρας τὸ σοφὸν εὕρηται, etc. — Versus est iambicus (¹). Vult autem differentiam esse inter ea quæ ad sapientiam et ea quæ ad pietatem pertinent; ut ea quæ ad scientiam spectant, tota penitùs mente exquirenda sint, at ea quæ pietatis sunt non sic in disquisitionem revocanda sint, quoniam si in uno (²) pietatis sedes et basis labefactetur, tota religio corruat (³).

[59] Ζεὺς γὰρ οἶδα. — Locus hic mihi videtur lacer; cogitandum est.

[60] Ὥστε παρεῖς γραφῆς. — Nullo sensu legitur παρεῖς γραφῆς (⁴); legendum omninò παρεισγραφῆς, unico verbo, et sensus constabit bellissimè. Significat autem : « non modò sibi aram poscit Amor, nec advena irrepsit inter homines, delitias (⁵) sibi poscens, ut illi cavendum sit ne causam dicat quòd se subjecerit (hoc enim παρεισγραφεῖν) (⁶), cùm legitimus non sit, se tamen deis inserat (⁷). »

---

[58] 923, 43. — (¹) La Boëtie a, le premier, distingué ce vers de la prose de Plutarque.

(²) Ἐφ᾽ ἑνός, uno in loco.

(³) Comparez Montaigne, *Essais,* en divers endroits, et particulièrement au chapitre 56 du premier livre, où il cite, d'après Amyot, les vers d'Euripide rapportés par Plutarque.

[59] *Ibid.,* 50.

[60] 924, 10. — (¹) Cette leçon fautive est propre à l'édition de Froben. C'est donc sur ce texte que La Boëtie lisait les *Morales* de Plutarque. Il a, du reste, corrigé parfaitement l'erreur de l'imprimeur.

(⁵) Le texte de Froben porte τρύφας τινάς, les autres κρύφα τιμάς. La Boëtie travaillait sur le premier.

(⁶) La Boëtie a formé par analogie ce verbe dont le *Thesaurus* ne donne pas d'exemple, à moins qu'il n'y ait là une faute d'impression pour παρεισγραφή.

(⁷) La phrase est embarrassée parce qu'elle répète deux fois, en termes différents, la même explication. Il faut lire : *qued...., cùm legi-*

[61] Πόῤῥω γὰρ οὐκ ἄπειμι. — Sensus est : « nam, ut non longè discedam à re proposita, nempe à sermone de amore, ipsa Venus, si de ea quæratur, demonstrari non potest. »

[62] Ἔρωτος δὲ πάρεργόν ἐστιν Ἀφροδίτη. — Sensus est : « hæc quidem hominum renovatio adanimata Veneris est opus. Hæc Venus (¹), cùm adest amor, amoris est πάρεργον; si autem abest (²), Venus etiam est vilis, ignobilis, non optanda. » Sic enim probat quæri non debere utrùm Amor deus sit, cùm de Venere non quæratur, quæ tamen perfectè ejus sit πάρεργον, ac, si absit, res nullius pretii (³).

[63] Καὶ πάλιν, ὢ τῷδε. — Mihi quidem locus est corruptus (⁴).

timus non sit, se tamen, etc. Le *se subjecerit* est une première traduction, visant surtout à rendre le sens du mot παρεισγραφή. Apulée, qui ne manque ni d'esprit, ni de malice, met dans la bouche de Jupiter cette piquante apostrophe : *Dei conscripti Musarum albo (Métam., VI, p. 425, Oudend.).* Voir Lucien, *Assemblée des Dieux, 3.*

[61] 924, 20.

[62] *Ibid.,* 27. — (¹) La Boétie paraît lire Ἀφροδίτη, sans iota souscrit, ce qui, du reste, est la leçon de Froben. Ferron, au contraire, avait ajouté l'iota souscrit.

(²) L'impression originale place après le mot suivant, *Venus,* la virgule qui évidemment doit être mise après *abest.*

(⁴) Je laisse à de plus autorisés le soin de décider si le texte grec pourrait se prêter à l'interprétation proposée par La Boétie. Il est certain qu'elle donnerait au raisonnement de Plutarque une netteté qu'il n'a pas au même degré avec l'interprétation vulgaire.

Montaigne (*Essais,* III, 3) : « De moy, je ne connois non plus » Venus sans Cupidon qu'une maternité sans engeance : ce sont » choses qui s'entreprestent et s'entredoivent leur essence... Ceux » qui ont faict Venus déesse ont regardé que sa principale beauté » estoit incorporelle et spirituelle; mais celle que ces gens-cy cerchent » n'est pas seulement humaine ny mesme brutale. »

[63] *Ibid.,* 45. — (⁴) Au lieu de τῷδε, Xylander a restitué παῖδες.

[64] Καὶ ἄλλο πρὸς ἄλλον.— « Homerus, inquit, homicidam vocat, et multa in illum continua convicia aggerat. » Intelligit de versu qui est, ni fallor (¹), *Iliad.* B,

Ἄρες, Ἄρες, βροτολοιγέ, μιαιφόνε, τειχεσιπλῆτα (²),

sunt enim ibi tria in Martem convicia ἄλλο πρὸς ἄλλον (³). Nostri Galli dicunt apposititiùs (⁴) : *l'un sur l'autre.* Nunc prior versio magis arridebat (⁵).

[65] Οὐ γὰρ νύμφαι τινές. — Totum hoc per interrogationem legendum (⁶).

---

[64] 925, 7. — (¹) La Boëtie cite Homère de mémoire, et il commet une légère erreur ; le vers en question n'est pas au II⁰, mais au V⁰ chant de l'*Iliade* (v. 31 et 455). Du reste, le rapprochement est juste, et c'est l'essentiel. Les éditeurs modernes, pour retrouver la place exacte d'un vers d'Homère, n'ont qu'à feuilleter un index. La Boëtie n'avait pas d'index, mais il savait l'*Iliade* par cœur. Sans être quand même un *laudator temporis acti,* je dirais volontiers avec Nestor :

Κράτιστοι δὴ κεῖνοι ἐπιχθονίων τράφεν ἀνδρῶν !

(²) L'édition originale porte τειχεσήπληχτε. Je rapporte cette leçon fautive parce que, au milieu des erreurs typographiques qu'elle renferme, elle semblerait indiquer que La Boëtie avait lu τειχεσίπληχτα, forme que Barnès mentionne comme variante.

(³) La Boëtie paraît entendre ἀλλοπρόσαλλον, qu'il écrit ἄλλο πρὸς ἄλλον, non pas comme une épithète d'Homère, mais comme faisant partie de la phrase de Plutarque, et comme si celui-ci disait qu'Homère accumule *l'une sur l'autre* les injures à l'adresse de Mars. Ferron avait mieux compris en traduisant : *parricidam eum vocat Homerus et mutabilem;* c'est une allusion au vers 831 du V⁰ chant de l'*Iliade,* où l'épithète ἀλλοπρόσαλλον, appliquée au Dieu de la guerre, donne un sens qui se retrouve dans notre locution *les armes sont journalières.*

(⁴) *Sic.*

(⁵) Ceci indique que Ferron avait, au moins pour quelques passages, soumis deux versions à l'examen de son ami.

[65] *Ibid.,* 52. — (⁶) M. Winckelmann a confirmé cette conjecture en établissant, d'après deux manuscrits, la leçon : ἢ γὰρ οὔ ;.

[66] Ἀλλὰ θνητὸν ἅμα ψυχαῖς. — Suspicor corruptum esse locum, non est planus sensus, nec constat secundus iambicus (¹).

[67] Γλυκὺ γὰρ θέρος. — « Amor enim in corde penitùs cupiditatem serens, cupiditatem, inquam, dulcem viri æstatem, id est, segetem (²). »

[68] Παντὸς μᾶλλον. — « Hoc idem potiùs quàm quidvis aliud. » Παντός enim, non παντῶς, legitur, et rectè.

[66] 926, 24. — (¹) Ce passage est, en effet, un des plus malades du traité *de l'Amour* ; ni les collations de manuscrits, ni les conjectures des savants n'ont pu encore le rétablir d'une manière bien satisfaisante.

[67] *Ibid.*, 37. — (²) Rien de plus fréquent chez les Grecs que l'emploi de θέρος (été) dans le sens de « moisson, » et l'emploi de ὀπώρα (automne) dans le sens de « fruits ; » en sorte que Démosthènes (éd. Reiske, p. 1253, 15) a pu dire : ἡ ὀπώραν πρίαιντο, ἡ θέρος μισθοῖντο ἐκθερίται. La Poétie avait été frappé de ces expressions heureusement figurées, et, animé, comme le furent Ronsard et André Chénier, du désir d'enrichir sa langue des brillantes dépouilles de l'antiquité, il a tâché dans un de ses sonnets de transporter en français l'ὀπώρα des grecs :

> *Le paisant bat ses gerbes amassées,*
> *Et aux coveaux ses bouillants muis roulant,*
> *Et des fruitiers son automne croulant,*
> *Se venge lors des peines avancées.*

(Page 433 de l'édition de M. Feugère, lequel n'a pas compris ce sonnet). Cf. Martial, *Épigr.*, III, 58, 7. Dante, à l'imitation des anciens, s'est servi du mot *primavera* dans le sens de « fleurs, pousse des fleurs » (*Purg.*, XXXVIII, 51 ; *Parad.*, XXX, 63). Du Bartas a fait de même (t. II, p. 401, édition de 1611). C'est ainsi encore que l'on disait jadis l'*Août* ou l'*oût* pour « la moisson, » LA FONTAINE (*Fables,* V, 9) :

> *.Remuez votre champ dès qu'on aura fait l'oût.*

[68] *Ibid.*, 41.

[69] Ἔχει καὶ ταῦτα, *habent et hæc.* — Intelligo id dicere Zeuxippum : « habent certè, mea quidem sententia, et amatoria non alienum quemdam, sed aliquem proprium et suum præsidem et propugnatorem (¹).

[70] Ἐπιλάβοιτο τοῦ λόγου, *rationi sunt consentanea.* — Ipse interpretarer : « ad rem faciunt, » vel « propositam quæstionem tangunt. » Dicerem igitur : « id etiam quod à Platone dictum est, licet longè à proposito distet, tamen ad rem facit (²). »

[71 et 72] Ἀρχὴν κρείττονος, *qui occupat principium,* — Dupliciter hæc verba accipi possunt. Primò : « error ille et deflexio ratiocinationis et mentis, qui non aliter oritur quàm cùm ea vis animæ quæ nobilior est in nobis regnat », ut sic victoria et principatus ejus nobilioris potentiæ sit ortus et principium (³) ἐνθουσιασ-

[69] 926, 50. — (¹) Le texte de Plutarque porte : ἔχει καὶ ταῦτα... οὐ μὴν ἀλλοτρίαν. Ou bien La Boëtie lit ἀλλότριον (sous-entendu Θεόν), au lieu de ἀλλοτρίαν, ou bien, ce qui est plus simple, il fait dépendre ἀλλοτρίαν de ἐπιμέλεια et de κυβέρνησις, et met ainsi ἔχει καὶ ταῦτα en relation logique avec ἔχει τούτων ἕκαστον qui se lit un peu plus haut. Cette interprétation me semble excellente. Amyot ne s'est pas contenté de la suivre, et, au lieu de traduire le grec, il a traduit mot pour mot la paraphrase de l'ami de Montaigne : « *L'amitié de l'amour seule démourera elle sans dominateur ne gouverneur ?... Il est certain qu'elle en a voirement, ce dit Zeuxippus, et non point d'estrangers, mais de propres.* » — M. Winckelmann, qui avoue ne pas bien comprendre cet endroit *(locum non expedio),* cite, sans en tirer parti, et seulement pour appuyer (et cela tout de travers) l'explication insuffisante de Reiske, un passage de Plutarque qui se trouve plus loin (p. 928, éd. Dübner), et qui confirme l'interprétation donnée par La Boëtie. Les termes employés par ce dernier pourraient faire supposer qu'il avait, lui aussi, comparé ce passage.

[70] *Ibid.,* 52. — (²) Cette interprétation, qui n'entraîne aucune correction dans le texte, me paraît plus naturelle et plus juste que les conjectures de Reiske, de Wyttenbach et de M. Winckelmann.

[71 et 72] 927, 4. — (³) Le texte de Plutarque porte : ἑτέρα μοῦ (¹). — Aliter intelligi potest, idem habere principium eum (²) errorem et furorem quod habet præstantior animæ potentia, λογικόν autem intelligit (³).

[73] Ἐξαλλαγῆς ἐν ἀνθρώπῳ καὶ παρατροπῆς. — Furorem et errorem intelligit, id est, ἐνθουσιασμόν; « depravationem » autem vertere durum videtur.

[74] Βούλομαι τουτονὶ Περιττίδην ἐρέσθαι τι, *dic cur amor unus, etc.* — Parum aut omnino non corruptus mihi videtur hic locus. Sic autem esse accipiendum censeo : « Plato (⁴) furorem quemdam esse putavit qui, ex cor-

---

ὅ ἐστιν οὐκ ἀθείακτος... ἀρχὴν κρείττονος δυνάμεως ἀρχὴν ἔχουσα. M. Winckelmann fait remarquer que les divers interprètes ont été induits en erreur par le double sens du mot ἀρχή, lequel signifie à la fois « commencement » et « domination; » on voit que La Boétie ne s'y était pas trompé, et qu'il avait fait d'avance la note de M. Winckelmann.

(¹) Dans l'édition originale, la note s'arrête au mot *principium,* et le mot ἐνθουσιασμόν est reporté à la ligne, en tête de la note suivante, où il devient un renvoi inexact.

J'ai réuni en une seule les notes 71 et 72, séparées à tort par le premier imprimeur.

(²) L'imprimé porte *enim,* ce qui ne peut être maintenu à cette place.

(³) MONTAIGNE (*Essais,* II, 12) : « Comme des grandes amitiés » naissent des grandes inimitiés, des santés vigoreuses, les mortelles » maladies : ainsi des rares et vifves agitations de nos âmes, les plus » excellentes manies et plus destracquées; il n'y a qu'un demy tour » de cheville à passer de l'un à l'autre. Aux actions des hommes » insensés nous voyons combien proprement s'advient la folie avec » les plus vigoreuses opérations de nostre âme. Qui ne sçait combien » est imperceptible le voisinage d'entre la folie avecques les gaillardes » eslevation. d'un esprit libre, et les effects d'une vertu supresme et » extraordinaire? »

[73] 927, 21.

[74] *Ibid.,* 23. — (⁴) Je ne vois pas que M. Winckelmann ait indiqué le passage de Platon auquel Plutarque fait allusion; c'est évidemment un passage du *Phèdre,* p. 265 A et suiv., éd. de Henri

poris intemperie profectus, animum afficit : hic malus est et morbosus. Alter est merus furor animi, qui generali nomine enthusiasmus appellatur; hujus quatuor species sunt : manticus hic vatum est: bacchicus hic est Menadum et Corybantum; poëticus hic est vatum (¹); bellicus hic est militum; et singuli quidem suos habent Deos præsides : manticus Apollinem, bacchicus Dionysium, poëticus Musas, bellicus Martem. At non dubium alium dicunt esse furorem, nec eum quidem segnem, qui dicitur amatorius. Quis (²) igitur Deus, ô Pemptide, quatit hunc fructiferum (³) thyrsum, amatorium (⁴) quis regit (⁵) hunc enthusiasmum longè acerrimum et calidissimum erga fœminas? »

Estienne, p. 352 D et suiv., éd. de 1590. La façon dont La Boétie résume ici son auteur semblerait indiquer qu'il avait aussi sous les yeux le texte de Platon, lequel, du reste, pourrait lui avoir servi à combler plus loin une lacune du texte de Plutarque. (Voy. ci-après la 89ᵉ remarque.)

(¹) L'auteur répète ici par mégarde le mot *vates;* il l'emploie ainsi dans ses deux acceptions de « prophète » et de « poète. »

(²) Le texte, lacéré à cet endroit, portait : τι *** καρπονθύρσον. La Boétie a restitué τίς. M. Winckelmann, qui a fait de même, oublie de dire que l'ami de Montaigne l'avait devancé dans cette ingénieuse conjecture, et avait été suivi par Amyot.

(³) M. Winckelmann propose de remplir le reste de la lacune en lisant κυκλίκαρπον; on voit que ce mot, ou un autre de même sens et de même forme, devait être rétabli dans la pensée de La Boétie. Amyot a mis : « *portant de si beau fruit.* »

(⁴) L'édition originale place, mal à propos, après *amatorium* la ponctuation qui doit évidemment se trouver après *thyrsum.*

(⁵) M. Winckelmann fait observer que l'accusatif τὸν ἐνθουσιασμόν doit dépendre d'un verbe non exprimé, mais dont le sens est implicitement compris dans le verbe ἀναπτίειν qui précède. La Boétie, on le voit, s'était parfaitement rendu compte de cet idiotisme.

[75] Καὶ οὐχ, ὥς τις εἶπεν, *et nequaquam.* — Id vult :
« quod aliquis dixit de poëtis, eorum versus esse vigi-
lantum somnia, id verè de amatoribus dici potest. »

[76] Καὶ τὸ εἶδος καὶ τὸ ἦθος, *etc.* — Hic locus medicam
manum (¹) desiderat. Non dubito tamen quin, ubi bis
legitur σύντονον, ultimo loco legendum σύντομον (²).

[77] Μέγα μὲν οἴσεις, *atqui magnam habet.* — « Venus addit enim magnam victoriam (³); » νίκας enim in
genitivo dorico est, non accusativo plurali (⁴).

[78] Τῶν Ταντάλου λεγομένων ταλάντων. — Hoc vult :
« eam quæ modò ab omnibus deserta, noctu vagabatur
sine face (⁵), modò, afflante amoris vento, videre est
in tanto esse pretio, ut talentis Tantali ejusque regno
anteponi debere videatur. » Quæ fuerit Gnathænion
nescio, nec etiam an fuerit, nec hic quid sibi velit.

[79] Τῶν περὶ Νικόστρατον. — Phrasis est græca : nihil
autem aliud est quàm « Nicostratus (⁶). »

---

[75] 927, 42.

[76] 928, 3. — (¹) L'édition originale porte *medicam memim,* j'ai
cru pouvoir introduire ma correction dans le texte.

(²) Cette correction, qui est juste, prouve encore que La Boetie se
servait du texte de Frobeu.

[77] *Ibid.,* 16. — (³) M. Winckelmann dit à cet endroit : « *Sensus*
« *versus Sophoclei non tam est, ut Hermanno visum : magnam in vincendo*
« *vim suam prodit Venus, nec : immo vi victoriae ruit Venus, quàm :*
« *magnam vim victoriae, id est, magnam victoriam effert, seu fert, re-*
« *portat Venus.* » On voit que ce savant moderne en revient encore
ici à l'explication de La Boetie, comme pour prouver la vérité de cet
axiome de Platon : « Il n'est point de livre si mauvais que l'on ne
puisse en tirer quelque chose. »

(⁴) Ferron avait mis dans sa version : *victorias reportat.*

[78] *Ibid.,* 30. — (⁵) Le texte de Frobeu portait δέουσα. Les éditeurs modernes ont rétabli θέουσα.

[79] *Ibid.,* 49. — (⁶) Voyez Gataker, *Lectiones Hesiodeæ, Op. et
Di.* v. 405, D'Orville sur *Chariton,* p. 92 et 355, et les annotateurs de

[80] Ἐπὶ ταῖς τοῦ Διὸς τιμαῖς. — Sensus est : « cùm plerique inventi sint qui, ut honores et dignitates assequerentur, copiam uxorum fecerint, quemquam ne putas esse qui amasium prostituat, etiamsi præmium lenocinii propositum sit (¹) ut, amasio prostituto, non aliter colatur quàm ipse Jupiter (²)? »

[81] Ἑτέρου δὲ τῶν ἑταίρων. — Hoc vult : « cùm quidam sociorum Antipatridæ (³) cum ejus psaltria lascivìùs versatus esset, ipse Alexander, erga eam benè affectus, rogavit Antipatridam : « an et tu eam amas? » qui cùm respondisset : « et valdè quidem! » — « Pereat, dixit ille, malus malè; » et à psaltria abstinuit, intactamque eam reliquit. » — Ubi autem (⁴) legitur ἀποσχίρεσθαι (⁵), nullo sensu, legendum ἀποσχέσθαι, « abstinuisse. »

Vigier, p. 7 et 8. Amyot et Xylander ont traduit selon l'observation de La Boëtie. M. Dübner n'a point conservé cette interprétation, et a mis : *Nicostratus cum suis.*

[80] 929, 4. — (¹) Dans l'édition originale, il y a un point d'interrogation après *sit,* et, plus loin, *qua* au lieu de *quàm.*

(²) Xylander n'a pas compris cela, et n'a pas su, cette fois, suivre à propos La Boëtie. M. Winckelmann met en note : « Ἐπὶ ταῖς τοῦ » Διὸς τιμαῖς — *id est :* vel Jovis honoribus propositis. *Male ceperat* » *Xylander.* » Le mot *propositis* montre assez clairement que M. Wyttenbach a fait usage de la note de La Boëtie, et, puisqu'il critiquait l'erreur de Xylander, il aurait dû rendre hommage à celui qui, le premier, avait parfaitement compris la phrase. Amyot a suivi La Boëtie.

[81] *Ibid.,* 17. — (³) Il faut lire peut-être *Antipatridas;* néanmoins, la phrase grecque est construite de telle façon qu'une méprise a pu avoir lieu, par suite du défaut de ponctuation. Le nom grec Ἀντιπατρίδου dépendant d'un génitif absolu, devrait, dans le texte, être placé entre deux virgules.

(⁴) Ligne 21 de l'éd. Dübner.

(⁵) Erreur propre à l'édition de Froben. La Boëtie l'a remplacée par la vraie leçon, confirmée par un autre passage de Plutarque, *De virt. Alex.,* p. 339 F.

[82] Σκόπει, *etc., rursus itaque considera.* — Non hîc præfert amorem Marti ([1]), sed huic amorem commendat quòd non mollis sit, nec effœminatus, sed quòd etiam in bellicis rebus strenuus sit, nec in bellorum periculis frigescat.

[83] Οὐδὲν Ἄρεος δεῖται. — Non dicit amatorem non egere Marte ad pugnandum, sed dicit Martis esse plenum ([2]), id est, bellici furoris, sic enim semper interpretamur « Martem »; sic apud Homerum sæpè sumunt mentes ([3]) et arte gerentes ([4]). Tamen et sensus rectè constat si serventur versionis verba.

[84] Ἐπὶ Χαλκιδέων κάλλει πόλισι. — Puto legendum non κάλλει sed θάλλει ([5]), ut sit : « in urbibus Chalcidensium viget amor, non sine animi fortitudine. »

[85] Ἀρδίτας ἐγγραφόμενον. — De hujus loci interpretatione nihil dicam priùs quàm libros consuluerim ([6]);

---

[82] 929, 23. — ([1]) La version de Ferron portait : *considera quantopere vincat amor Martis opera.*

[83] *Ibid.,* 27. — ([2]) C'est-à-dire que rien ne lui fait défaut de ce qui constitue le guerrier.

([3]) Voir, par exemple, *Iliade,* XVII, 210, où le scholiaste explique le mot Ἄρης par : πολέμου ἐπιθυμία καὶ ὁρμή.

([4]) Il y a certainement ici une faute d'impression. L'auteur avait-il écrit *mentes Marte furentes?* La lettre *M* majuscule se confond facilement avec *et* dans l'écriture cursive; au mot suivant, la lettre *f,* formée comme un *S* majuscule, aurait pu, trop rapprochée du premier jambage de l'*u,* prendre l'aspect d'un *g,* et, dès-lors, le second jambage de l'*u* devait être pris pour un *e.*

[84] 930, 15. — ([5]) Correction excellente qu'Amyot et tous les éditeurs ont adoptée. M. Winckelmann en fait honneur à Xylander, ce qui n'est pas juste, car Xylander l'avait trouvée, ainsi que beaucoup d'autres, dans ces remarques de La Boëtie. Je croirais que M. Winckelmann a jugé ces dernières sans les lire, si, en maint endroit, il n'en avait lui-même fait son profit.

[85] *Ibid.,* 19. — ([6]) La Boëtie voulait rechercher s'il trouvait

interim per interrogationem legendum hoc censeo (¹).

[86] Μόνον ἀήττητον ὄντα. — Locus mihi videtur lacer.

[87] Ὅπου καὶ μηδὲν δεομένοις, *quare non egent.* — Ego intelligo : « in bello quidem nullus unquam hostis amatorem et amasium ulla vi disjunxit, cùm et soleant amatores amasiis ostendere fortes ne sint, an ignavi (²), etiam cùm nihil est opus (³). » Sic forsan intelligi potest hic locus, tamen, meo quidem judicio, mendo non caret.

[88] Εὔκναμος. — Nomen est proprium; Ἀμφισσεύς autem nomen est patriæ.

[89] Καὶ θείᾳ τινὶ τύχῃ ψαύουσι λέγοντες (⁴). — Puto ailleurs quelque trace de la dénomination indiquée dans son texte. M. Winckelmann, s'aidant de la variante d'un manuscrit, a substitué ἐς ἄνδρας à ἐς ἀρδίτας que portaient les anciens textes. M. Dübner a adopté cette excellente et ingénieuse conjecture.

(¹) C'est ainsi, en effet, que les éditeurs postérieurs ont lu le texte.

[86] 930, 26.

[87] *Ibid.,* 29. — (²) L'édition originale met après *etiam* la virgule que j'ai placée après *ignavi.*

(³) Les manuscrits et les anciennes éditions portent : ὅπου καὶ μηδὲν (sic) δεομένοις ἐπιδεικνύναι τὸ φιλοκίνδυνον καὶ φιλόψυχον. Xylander, peut-être déterminé par le *soleant* de la note de La Boétie, et, après lui, M. Winckelmann ont cru devoir ajouter un mot à la phrase pour soutenir l'infinitif ἐπιδεικνύναι. Il me semble que les corrections de Méziriac et de Reiske combinées peuvent offrir une restitution plus conforme au génie de la langue. Je les signalai particulièrement à l'attention de M. Dübner, et l'illustre et regretté helléniste me répondit qu'il fallait en effet les admettre et lire en conséquence : ὅπου καὶ μηδὲν δεόμενοι ἐπιδείκνυνται τὸ φιλοκίνδυνον καὶ ἀφιλόψυχον. La Boétie a traduit comme s'il avait fait lui-même les deux premières corrections; quant à ἀφιλόψυχον, c'est une conjecture de Xylander.

[88] *Ibid.,* 45.

[89] 931, 19. — (⁴) L'édition originale porte : « ψαύουσι *legentes : puto, etc.;* » c'est évidemment une erreur du typographe.

nihil deesse, nisi τοῦ ἀληθοῦς (¹), ut sit : « rectè enim dicunt, et divina quadam sorte accidit ut veritatem tangerent cum aiunt [etc.] ; » θείᾳ igitur legendum (²), et, in lacuna, τοῦ ἀληθοῦς.

[90] ὦ Ἡράκλεις. — Hoc vult : « penè me conciliasti Anyto, cum quo veluti paternas gerebam inimicitias (³), Socratis et Philosophiæ nomine. » Anytus enim delator (⁴) fuit Socratis.

[91] ἰωμένη Μούσαις, *ejaculans*. — Non « ejaculans » sed « sanans, curans. » Principium cujusdam Idyllii apud Theocritum, ad Niciam, explicat hunc locum (⁵).

(¹) Cette excellente restitution a été admise par tous les éditeurs. M. Winckelmann, en citant des exemples qui la confirment, l'attribue, selon son habitude, à Xylander. Les éditeurs du nouveau *Thesaurus* font de même (au mot ψαύω). Comme La Boétie aurait le droit de s'écrier avec le poète :

Hos ego versiculos feci, tulit alter honores :
Sic vos, non vobis, etc.

Dans un passage du *Phèdre* de Platon (p. 265 B, éd. de H. Estienne), que La Boétie semble avoir consulté pour écrire sa 74ᵉ remarque, on lit : ἐφήσαμεν... ἴσως μὲν ἀληθοῦς τινος ἐφαπτόμενοι, c'est peut-être ce passage qui lui a inspiré sa restitution.

(²) Avant La Boétie, les textes (Alde et Froben) portaient : θειάτινι.

[90] 93 1, 51. — (³) La Boétie et Ferron lisaient évidemment πατρικὴν ἔχθραν, au lieu de πατρικὸν que portent fautivement les anciennes éditions.

(⁴) L'édition originale porte *deserter*, mais une main qui paraît être celle de Ferron a corrigé ce mot, ainsi que quelques autres mal imprimés, sur l'exemplaire dont je fais usage.

[91] 93 2, 28. — (⁵) Excellente note. Ce renvoi est d'autant plus juste que le scholiaste de Théocrite, à l'endroit indiqué (*Idylle*, xi, 1), cite précisément le poète Philoxène auquel Plutarque dit emprunter la phrase qui est l'objet de cette remarque. M. Winckelmann rapporte le passage du scholiaste, mais il ne dit rien de la note de La Boétie.

[92] Ἀλλ' εἴ τι μὴ Λύσανδρον, *secundùm Lysandrum.* — In mentem revocare oportet quod priùs dicebat (¹) Peisias, Daphnæum amare Lysandram. Itaque sic legendum puto : εἴ τι μὴ διὰ Λυσάνδρου (²) ἐκλέλησαι παιδίων (³), « nisi fortè propter Lysandræ amorem antiquorum jocorum oblitus es. »

[93] Ταῦτα, *quàm pulchrè.* — Sic intelligo : « atqui hæc omnia quid aliud sunt quàm divinus quidam afflatus? » Deest enim manifestò οὐ antè θεολημψία (⁴).

---

[92] 932, 29. — (¹) Page 919, ligne 28, éd. Dübner. Voyez la remarque 37.

(²) Double correction que M. Winckelmann attribue encore à Xylander, lequel n'avait fait que suivre La Boëtie. J'en suis fâché pour Xylander que j'estime fort, mais il faut bien constater qu'il n'a point ici fait preuve de bonne foi. Voici sa note à cet endroit : « *Monstri* » *simile hoc* Λύσανδρον. *interpres adjecit* κατὰ, *sed hoc est versuram* » *(versurà?) solvere. Ego legendum suspicor :* ἀλλ' εἰ μὴ διὰ Λυσάν- » δραν, *etc.* παιδίων, *nam Lysandræ amator fuit Daphnæus, ut sub* » *initium libri fertur; quanquam* παιδικῶν *etiam legi potest, vel* παι- » δείων. » — Le mot *interpres* désigne A. de Ferron qui, en écrivant *secundùm Lysandrum*, a dû, en effet, suppléer κατά. Mais Xylander, qui a su signaler les erreurs de la version de Ferron, n'aurait été que juste en reconnaissant qu'à la suite de cette version il y avait des notes dont il a souvent fait son profit, et où il a trouvé, par exemple, les deux ou trois corrections de ce passage qu'il donne ici comme siennes. Je dis deux ou trois, car, outre la restitution διά et la correction Λυσάνδραν, le mot *jocorum* employé par La Boëtie indique qu'il lisait παιδιῶν, au lieu de la leçon vulgaire παιδίων.

(³) C'est une erreur typographique; il faut lire παιδιῶν. Voy. la note précédente. La Boëtie n'aurait pas transcrit la citation au-delà de Λυσάνδραν si là s'étaient arrêtées ses restitutions; d'ailleurs, le mot *jocorum* implique παιδιῶν.

[93] *Ibid.,* 36. — (⁴) Cette correction a été ensuite proposée par Méziriac, et tentée aussi par Reiske avec une légère modification; Wyttenbach approuvait cette leçon en l'attribuant à Méziriac, mais celui-ci l'avait empruntée à Amyot, lequel la devait lui-même à La Boëtie.

[94] Ἐπὶ στόμα ἰᾶσιν, *permittere ut per os egrediatur* (¹). — Quinimo vertendum puto : « in ore manere, sinere os non egredi. » Et hoc quod minimè præterit quia suo loco omisit, id est quod posteà (²) rogatur ut dicat, scilicet de fabulis Ægyptiorum.

[95] Καὶ γάρ ἐστι παμμίγιθις. — « Est enim longum. »

[96] Ἴσως μὲν γάρ. — Disputationem persequitur : « jam verò arbitror, ut (³) et in aliis fermè omnibus quæ nobis animi cogitatione, non sensuum perceptione, cognita sint, ea nos accepisse aut à poëtis, aut à legibus, aut ratione, sic et opinionem de Deis, etc. »

[97] Ἀχαλκεύτοις πέδαις. — Intelligebat Euripides Amorem colligatum pedicis, non æreis, neque fabricatis, et loquebatur de amore uxorio, qui non tam mutuo affectu quàm pudore constringitur, ut indicant sequentia verba.

[98] Ἀλλ' ὑπὸ πτεροῦ φερομένοις. — Lego φερομένης (¹),

---

[94] 932, 48. — (¹) Ferron a ensuite modifié ce passage, et l'on n'y trouve plus cette phrase, mais il est évident que la rédaction soumise à l'examen de La Boëtie portait à cet endroit : *Non mihi videor posse permittere ut per os egrediatur;* c'était un contre-sens que La Boëtie a corrigé sans s'attacher rigoureusement aux mots. Averti par son ami, Ferron a ainsi réformé sa version : *Quod itaque in principio opportunè magis dictum fuisset, ne nunc quidem, quando nunc venit in buccam, ut Æschyli verbis utar, commodè mihi videor posse prætermittere;* Amyot s'est conformé à cette traduction.

(²) Page 932, ligne 47 et suiv. de l'édition Dubner.

[95] *Ibid.,* 49.

[96] *Ibid.,* 50 — (³) La Boëtie prend le mot ἴσως dans un sens qui ôte à la phrase la forme dubitative. Amyot a adopté cette interprétation. — Sur ἴσως, ainsi employé, voyez Schæfer sur Théognis, v. 224, et Seiler sur Longus II, 8, p. 224.

[97] 933, 42.

[98] *Ibid.,* 44. — (⁴) M. Winckelmann établit définitivement, d'après un bon manuscrit de Paris, cette leçon que l'illustre Wytten-

ut referatur ad φιλίας καὶ κοινωνίας. In Academiam, inquit, coronatus Amor deducitur, vectus quadrigis bigisque amicitiæ et societatis, non, qualem (¹) Euripides ait, constrictam pedicis non æreis, frigidam ille quidem et gravem imponens pro re et usu pudoris necessitatem, sed alia quadam stipatus amicitia, quæ pennis fertur volans per quæcumque sunt in rerum natura pulcherrima et divinissima, de quibus et ab aliis scriptum est diligentiùs.

[99] Βίαις ἀπάγει. — Non vacat mendo. — Tota hæc Ægyptia narratio mihi sanè est mystica; ideoque manus hisce sacris non admoveo, usque ad eum locum (²) : ὡς δὲ γεωμέτραι.

bach avait déjà proposée par conjecture, mais il ne dit rien de La Boétie qui, plus de deux cents ans avant Wyttenbach, avait fait, le premier, cette habile restitution, dans ce petit volume qu'on nous permettra après cela de ne pas trouver *planè inutilem* comme l'a qualifié M. Winckelmann. Xylander a négligé la correction de La Boétie, mais Amyot s'est empressé de l'adopter.

(¹) C'est-à-dire : *non amicitiæ, non societatis istiusmedi qualem, etc.*

[99] 933, 49. — (²) Page 935, ligne 17, éd. Dubner. Si cette remarque est de La Boétie, il faut en induire qu'un certain nombre de notes de ce savant a été supprimé, puisque, loin de reprendre à l'endroit indiqué, nous n'en trouvons plus qu'une seule, qui se rapporte à la fin du livre, et qui n'a même point le cachet de justesse des remarques de l'ami de Montaigne. C'est tout un tiers du traité qui se trouve ainsi dépourvu des annotations de l'habile helléniste. Du reste, Ferron a dû parfois tirer parti de celles de ces annotations qui n'ont pas été reproduites, et c'est peut-être à La Boétie qu'il faut attribuer la restitution qu'il fait un peu plus loin, en marge de sa version, de ἔτι δὲ pour ὅτι δὲ (p. 934, 19), restitution que Xylander et les autres éditeurs ont adoptée sans dire à qui ils la devaient. Il faut remarquer que Ferron avait de même rapporté en marge la correction de θάλλει pour κάλλει (p. 930, 15), due à La Boétie.

Je trouve encore çà et là dans la version de Ferron des traces de corrections savantes et ingénieuses qui pourraient bien être de La

[100] Τὴν δὲ κατ' οὐδὲν Ἀφροδίτην καλοῦντες, *qui verò terram Venerem.* — Sic interpretor (¹) : « qui verò Venerem terram (²) vocant, etsi nihil est quod eorum sententiam juvet, capiunt (³) tamen aliquam similitudinem. Quemadmodum enim terra, ob continuos in

Boëtie. Par exemple, tandis que le texte de Froben donne cette phrase (p. 938, lig. 38, éd. Dübner) : Ἴσθε δήπουθεν ἀκοῇ Λαΐδα τὴν ἀοίδιμον ἐκείνην καὶ πολυήρατον, ὡς ὑπέφευγε πόθῳ τὴν Ἑλλάδα, κ. τ. λ., on lit dans la traduction de Ferron : *Nostis sanè famâ Laidem illam celebrem et à multis expetitam, imò potiùs de quâ duo maria pugnabant, quoque pacto Græciam incenderit amore sui, et nosti* (sic) *quo modo ob amorem clam è Græcià discesserit.* Tout cela est brouillé par une impression fautive; cependant, on s'aperçoit bien vite que les mots *quo pacto Græciam incenderit amore sui* sont une rectification de la phrase : *quo modo ob amorem clam è Græcià discesserit.* La phrase corrigée n'ayant pas été effacée sur le manuscrit, a été imprimée avec l'autre, mais le mot *incenderit* prouve bien que celui qui l'a écrit, Ferron ou La Boëtie, lisait ἐπέφλεγε ou ὑπέφλεγε au lieu de ὑπέφευγε. — Xylander introduit ὑπέφλεγε dans le texte; dans ses notes, il fait ressortir avec complaisance cette correction, qu'il donne comme sienne, et se félicite d'avoir constaté ensuite que Guillaume Canter l'avait faite de son côté. De la traduction de Ferron, bien antérieure aux *Nouvelles Leçons* de Canter, pas un mot; et pourtant on voit, en comparant cette traduction à celle de Xylander, que celui-ci l'avait sous les yeux à cet endroit même, et ne se gênait pas pour y prendre tout ce qu'il y trouvait de bon. M. Winckelmann, bien entendu, ne fait honneur de la restitution qu'à Xylander et à G. Canter; il ne cite ni le livre de Ferron, où la correction se trouve indiquée pour la première fois, ni Amyot qui s'est empressé de la suivre.

[100] 934, 30. — (¹) Cette note se rapporte précisément au passage que La Boëtie disait ne pas vouloir examiner; il serait donc possible qu'elle ne fut pas de lui. Toutefois, il se pourrait aussi qu'il fût revenu après coup sur sa première décision, et eût, à la demande de Ferron, paraphrasé ce passage assez obscur.

(²) Les éditeurs modernes lisent σελήνην au lieu de γῆν.

(³) L'édition originale porte *capiam*, ce qui est une faute évidente; il y a dans le grec : ἅπτονταί τινος ὁμοιότητος.

eam syderum aspectus quodammodo cœlestis dici potest : certè locus est copulationis immortalium cum mortalibus ; cùm tamen per se infirma sit et obscura non ([1]) lucente sole, sic et Venus, sublata Amoris luce. »

[101] Τὸν Ζεύξιππον, *etc.* — Verba sunt Diogenis, qui narrat celebrari nuptias, et Zeuxippum quidem primò subtristem visum, sed nunc primum esse qui choream ducat.

Hæc adnotare libuit ; pleraque ([2]) autem sunt ex iis quæ à Stephano Boëtho ([3]), collega meo, viro verè Attico et altero ætatis nostræ Budæo, excepi ([4]).

([1]) L'édition originale porte *in lucente,* en deux mots. *Inlucere* ne pourrait se dire, je crois, au sens négatif, et le grec portant ἡλίου μὴ προσλάμποντος, j'ai cru devoir changer *in* en *non.*

[101] 943, 15. — ([1]) Ceci indique que quelques-unes des annotations que l'on vient de lire ne sont pas de La Boëtie. On a vu qu'il y en a deux faisant double emploi qui, en effet, doivent être d'un autre auteur. Cf. note 1 sur la remarque 100. Par contre, *ex iis* prouve que Ferron avait reçu de son ami des notes qu'il n'a pas reproduites.

([3]) La forme ordinaire latinisée est *Boetianus;* cependant, J. C. Scaliger dit indifféremment *Boetus (Boeti)* et *Boetianus.* (Voy. *Scaligeri Poemata,* p. 19, 324, 396.) Dans des vers latins cités plus haut, et en tête de la *Poétique* de J. C. Scaliger, on trouve aussi *Boetius.*

([4]) Suivent, dans l'édition originale, les corrections et additions de Ferron relatives à sa version.

Dans les vers grecs de Ferron au chancelier Dubourg cités plus haut, p. 10, j'ai voulu, autant que possible, respecter le texte et la ponctuation de l'original ; mais il me semble que le sens serait plus net, si on lisait ainsi les vers 3 et 4 :

Οὐ πάντ' ἀκούει νόμιμ', ἀποῤῥήτων λόγων
Ἄῤῥηκτον ἕρκος, τῶν καλῶν νόμων νομεύς.

ERRATUM.

Page 72, note 2, ligne 4 : *au lieu de* Wyttenbach, *lise;* Winckelmann.

www.ingramcontent.com/pod-product-compliance
Ingram Content Group UK Ltd.
Pitfield, Milton Keynes, MK11 3LW, UK
UKHW020930120726
13693UKWH00003B/1238